やり直し令嬢は竜帝陛下を攻略中　業務日誌

永瀬さらさ

24021

角川ビーンズ文庫

c o n t e n t s

キャラクター紹介
ジル・サーヴェル
クレイトス王国サーヴェル辺境伯の令嬢。
２度目の人生をやり直し中
ソテー
ジルが育てている軍鶏。
ジルの参謀
ハディスぐま
ハディスがジルに贈ったぬいぐるみ。
ハディスによって改造されている
ロー
竜の王。
ジルが育てている
ラーヴェ
竜神。
魔力が強い者でないと姿を見られない
ハディス・テオス・ラーヴェ
ラーヴェ帝国の若き皇帝。
竜神ラーヴェの生まれ変わりで“竜帝”とよばれる
やり直し令嬢は竜帝陛下を攻略中
業務日誌

リステアード・テオス・ラーヴェ

ラーヴェ帝国第二皇子。
ハディスの異母兄

エリンツィア・テオス・ラーヴェ

ラーヴェ帝国第一皇女。
ハディスの異母姉。ノイトラール領の竜騎士団長を務める

ヴィッセル・テオス・ラーヴェ

ハディスの兄。
ラーヴェ帝国の皇太子

ジェラルド・デア・クレイトス

クレイトス王国の王太子。
本来の時間軸では、ジルの婚約者だった

フリーダ・テオス・ラーヴェ

ハディスの妹。
きょうだいの中で最年少

ナターリエ・テオス・ラーヴェ

ハディスの妹。
ジェラルドに求婚中

フェイリス・デア・クレイトス

クレイトス王国第一王女。
ジェラルドの妹

ジーク

竜妃の騎士。大剣を使う

カミラ（本名はカミロ）

竜妃の騎士。弓の名手

～プラティ大陸の伝説～

愛と大地の女神・クレイトスと、理（ことわり）と天空の竜神・ラーヴェが、それぞれ加護をさずけた大地。

女神の力をわけ与えられたクレイトス王国と、竜神の力をわけ与えられたラーヴェ帝国は、長きにわたる争いを続けていた――

本文イラスト／藤未都也

かみさまのおくりもの

クレイトス王都バシレイア――緑萌ゆる丘陵や豊かな森と清水流れる大河に守られた、美しき花冠の都。年中、四季折々の花に彩られるこの王都は、冬でも華やかだ。

建物の壁に使われているチョコレート色の煉瓦やクリーム色の漆喰に加え、民家の屋根まで可愛らしい黄色や水色に彩られており、飴色の窓枠の下には花が飾られている。まるでお菓子箱のようだ。人々の装いも明るい色合いが多い。

特に今日は、クレイトス王国民が誇る王太子ジェラルドの十五歳の誕生日を祝うため、王都全体が花盛りの令嬢のように着飾っている。どこからか、花吹雪と一緒に風船が飛んできた。祝いに飛ばしたのだろうか。

青、橙、黄、緑、薄桃――王都の上空に、虹のような色が舞う。

(どこもかしこも花畑だな)

日差しは柔らかく、吐き出す息が凍りつくこともない。標高の高さからくる違いか、それとも神の加護による差か。

いずれにせよ、あの女神にお似合いの国だ。

喉を鳴らして低く笑い、ハディスは与えられた賓客室に目を戻した。

招待状がきたのだから地下牢行きはあるまいと思っていたが、ずいぶん立派な部屋を用意されてしまった。寝具も調度品もどれも一級品がそろえられ、浴室などの水回りはもちろん、居間と続きで寝室もふたつ用意されており、一家が休める広さがある。呪われたと敬遠され、婚約者も定まらない自分への皮肉だろうか。

ラーヴェ帝国からクレイトスの王都へ到着したのは昨日だが、ハディスひとりのために暖炉の火から水差しまで細かく手入れされている。ゆっくりする気になどなれないが、何か仕掛けられている気配もない。襲撃する気はないと判断していい頃合いだろうか。

女神クレイトスが現れる気配もない。

せっかくお望みどおりラーヴェ皇帝になり、訪ってやったというのに。

「ラーヴェ、どうだ。出てこられそうか」

国境を越えてから姿を見せない育て親に声をかける。返事のかわりに、するりと身の裡から白銀の竜が現れ出た。鱗から漏れ出る白銀の魔力に、衰えは見えない。

「なんだ、元気そうじゃないか」

「元気じゃねーよ。飲まず食わずだぞ俺は」

「お前なら平気なんじゃないのか、そんなでも神なんだから」

「そんなでもってなんだ！」

ラーヴェは怒りながら、長い尻尾でばんばんとハディスの背中を叩く。一般的な竜よりはるかに小さいサイズだが、竜神のみが持つ白銀の鱗はそれなりに固く、痛い。

そのくせ、ちらちらとテーブルにある果物に目を向けている。食い意地の張った竜神だ。呆れたハディスは部屋に運びこんだ鞄のひとつをあけて、ラーヴェ帝国から持ってきた干し葡萄を放り投げてやった。上手に口で受け止めたラーヴェがもぐもぐとおいしそうに咀嚼する。

「あーうま。もうちょっとくれ」

「駄目だ。そんなに数がない。テーブルの上のを食べてればいいだろう」

「クレイトスのは果物も水もまずいんだよ」

開き直りとしか思えない理由に、ハディスは呆れた。

竜は女神クレイトスの大地の実りを嫌う。下位の竜には毒にもなる。クレイトス王国で竜を育成できないのは、この理由によるところが大きい。しかし、竜神ラーヴェに言わせれば「まずいから」になるようだ。ひょっとして、竜というのは美食家なのか。

「あとはやっぱ、念のためな。全力で天剣を使えるようにしとくべきだろ」

テーブルの上の果物を物色しながら言われても、説得力がない。

「天剣を使うのはラーヴェ帝国に帰ってからじゃない？」

「あー……いや、どっちもあり得るだろ。そもそもお前、なんだって急にクレイトスにこようなんて思ったんだよ。皇太子が行くって話になってたのに、突然さ」

「気まぐれだよ」

「お前が気まぐれで女神のお膝元にくるわけないだろうが。……あの兄貴は、やっぱりクレイトスと通じてそうなのか」

「通じてはいるだろうね。間諜か、二重間諜かはわからないけど」

ハディスは寝台の上に腰かけて、靴を脱ぐ。

「文句は言わせないよ。ジェラルド王太子誕生会の招待状の宛先は、皇帝の僕だったからね」

「だからってどうかと思うけどな、護衛も使用人もなしで小さな船ごと転移してくる皇帝。迎え入れるほうも可哀想だろーが。案の定、本物かってひそひそされたし……」

「主賓の王子様が本物だって証言してくださったじゃないか。助かったね」

「ずっと頬引きつってたぞ、あの王子様」

「女神クレイトスによろしくって言ったのがまずかったかな」

仰向けになって笑ったハディスを、ラーヴェが覗きこむ。

「煽るなよ。あと、油断もするな」

「してないよ。きたら全力で殺してやる」

「ここで戦えば、女神だけじゃない。さっきの王太子も、クレイトス国王も相手にすることになるんだ。三百年たってるとはいえ、まだ女神の護剣が存在してもおかしくない。――どうも、今の使い手はあの王子様じゃなさそうだが」

「現国王陛下は誕生日会を欠席するらしいよ。あの王子様も苦労してるね」

「王子様が助けを求めりゃ、国王が王都にくるのに数日もかからないだろ。クレイトスには要所要所に転移装置があるって話だ」

慎重に言い聞かされ、少々うんざりしてきた。

「所詮、女神の護剣は天剣を物真似したまがい物だろう。本物が負けるとでも？」

「詳しいことはわかんねぇけど、女神の聖槍から作られてる以上、神器には違いないんだよ。……お前、最近ちょっと投げやりになってきてないか。雑だぞ、色々」

「だってあっちもこっちもうるさい。帝都も、あんなにめんどくさいと思わなかった」

背を向けてごろりと横向きになる。ラーヴェは困っているだろうが、あえて無視した。

辺境の地から戻ることを許されて約二年。家族との感動の再会などなく、浴びるのは薄っぺらい媚と脅えと嫌悪ばかり。唯一歓迎してくれた実兄とも、ずれを感じ始めている。

――あなたを必要とする人なんているかしら。あなたを愛する人なんて現れるかしら。

女神の嗤い声が、愛が、成就しつつある。

この育て親にはかけらだって悟らせたくないけれど。

「……竜妃でも見つかりゃ、話は別だけどな」

いきなり目が覚めた気分になった。背けていた顔を戻す。

「クレイトスで？」

「あり得るだろ。クレイトスには魔力の高い人間が多い。俺が外に出ないようにしてるのは見られたら面倒ってのもあるんだぞ。——案外、誕生日会で見つかったりしてな？」

急にそわっとしてきて、起き上がって背筋を正す。

「だ、だとしたら……ちゃんとしなきゃ駄目だよな⁉」

「そらなー、第一印象が肝心だ」

「どうしよう僕、正装っぽいものマントくらいしか持ってきてない……っお嫁さんを迎え入れる準備はいつでもばっちりなのに！」

「……あの幼女の服の山はドン引きされると思うぞ」

だらだらしている場合じゃない。誕生日会は今夜だ。

時計を見て、鞄をあけて、湯浴みを含む今後の身支度を頭の中で組み立てる。全身鏡を見やすい場所に引きずり出した。

「そういえば誕生日会って夜だよね？　十四歳未満の女の子って出席できるのかな」

「その条件、そろそろ妥協してほしいんだけどなぁ……せめて口外はするな」

「大事なことじゃないか！　十四歳以上の竜妃なんて今までの竜帝はどうかしてる……！　女神に乗っ取られたらどうするんだ、危機感がたりない！」

「今までの竜帝はお前より常識があったんだよ！　お前が年とるたび十四歳未満の嫁っていう条件がやばくなってくんだって、ちったぁ自覚しろ！」

「くそ、俺の育て方が悪かったのか⁉　十四歳以上の竜妃が女神に乗っ取られたことはねーっつっても聞きやしねーし……！」

「これからはあるかもしれないじゃないか！」

鼻先でにらみあっていると、ラーヴェが先に目をそらした。

「……っとに、妙なところで細かい……確かに十四歳未満のほうが安全は安全だけどな」

「だろう」

「胸を張るとこじゃねーんだよ」

「見つかったらいいな、僕のお嫁さん。僕のこと好きになってくれるかな」

一番上等なマントを取り出し、合わせてみる。鏡に映る姿はそう悪くない気がした。

「気合いを入れすぎてもなぁ……今夜の主役はあの王子様だし、大人の振る舞いをしないと」

「もう突っこむ気にもなんねーわ」

「僕のお嫁さんの話だぞ、真面目に考えろ」

「大丈夫だ、顔がいいからなんとかなる。顔で押せ、真面目なアドバイスだ」

「まるで僕の中身が駄目みたいな言い方だな」

「なんで中身で勝負できると思ったんだ？」

平手ではたき落としてやろうとしたら、よけられた。

少し疲れたハディスに、ラーヴェが竜妃の話を持ち出して、軽口を叩いて終わる。いつもの様式美だ。本当に竜妃が見つかるなんて、自分はもちろん、ラーヴェだって思っていたわけではないだろう。

歴代の竜帝たちは、竜妃を見つけるのに苦労したことはないという。まるで運命のように出会い、選んできた。

だとしたら、自分は竜妃に出会えずに終わるのが正しい道筋なのかもしれない。

それこそ、運命をねじ曲げでもしない限り——そう、心のどこかで本当は思っていた。

「——この方を一生かけて、しあわせにします!」

けれど奇跡のように降り注いだ言葉が、ハディスの世界を一変させたのだ。

あのサーヴェル家のご令嬢。魔力は申し分ない、ラーヴェの姿も見えるだろう。加えてまだ十歳だという。条件はぴったりだ。

しかも、ハディスを自ら選んでくれた。

あまりにできすぎた話だが、警戒する以上に喜びが勝った。たとえ刹那でも、信じていたかったのかもしれない。ラーヴェも訝しみながらも、心なしかそわそわしている。

「いーか、国境を出るまでは安心するなよ。祝福とかはその後の話だ」

「わかってるよ」

求婚を受けたハディスに感極まったのか、ろくに話もできないままお嫁さんは気絶してしまった。自分の賓客室まで小さな体を運び、寝台に横たえて布団をかける。

「金の指輪って、小さいときにはめちゃって大丈夫なのかな？」

「あーあれはサイズが本人に合わせて変わるから大丈夫」

なら安心だ。にこにこしながら、寝台脇の絨毯に膝を突き、枕のそばに膝を立てて、お嫁さんの顔を覗きこむ。

柔らかそうな頬、ふわふわとした甘そうな金の髪。体つきはもちろん、頭も首も手もどこもかしこも小さくて、子どもそのものだ。

けれど求婚を受けたときに見た紫の瞳は、水晶のようにきらきらしていた。

「……どんな子かな」

「訳アリってのは確かだな。初対面でお前に求婚とか正気だとはとても……無難に罠か、それか顔が好みだったとか？」

「顔がよくてよかった……！」

「今日は前向きだなー」

「だって、夢みたいだ。僕にお嫁さん……竜妃が、できるなんて」

ちょっと指を伸ばそうとして、やめた。

「都合がよすぎて、怖いけど……」

「……今のところ女神の気配はないし、もしこの嬢ちゃんが正気で本気なら、願ってもない話ではあるだろ。うまくいかなくても、最悪、性格だの思惑だのはどうでもいいんだから」

女神の囮にさえなってくれれば。

竜帝の盾にさえなってくれれば。

寝顔から視線をそらしてしまう。罪悪感を抱くほど、自分は清廉な人間ではないと自覚しているはずなのに。

「……名前は、呼ばないほうがいいかな。女神に気づかれる」

「うーん、派手な求婚劇だったからなー。しかもクレイトス出身だろ。身元はもうわれてそうだが、クレイトス王族と女神の今の関係がよくわからん。そもそも女神単独でラーヴェにくるなんて、本来クレイトス側の人間が許さないはずだし」

王都に女神の守護者——国王が不在な時点で、何かしら人間側の事情があるのだろう。今、女神が姿を現さないのも、眷属である王族や器に何かしら問題があったのかもしれない。

「いずれにしても名前の呼び方ってのは大切だからな。どうせならちゃんと考えて、この嬢ちゃんをまっとうに口説け」

「くどっ……!? 口説く!? 僕が!?」

「そーだよ、逃がさないためにも必要だろ。どーせなら幸せな新婚生活のほうがいいし」

そうだ。うまくいかない可能性ばかり考えてしまうが、うまくいく可能性だってある。

(わ、わわわ)

また体がぽかぽかしてきた。熱くなった両の頰に手をそえて、ハディスは頷く。

「が、頑張るぞ……っそうだ、呼び名は紫水晶とかどうかな!? 綺麗な目だったから!」

「ぎゃはははは、だっせぇ!」

「炭火焼きにするぞ、お前!」

「はいはい、お前が頑張ってるのはわかったよ。だから今日はもう寝ろ、嬢ちゃんのこの様子じゃ目を覚ますのは朝だろうし」

「えっ……ま、まさか一緒に寝るの!? 早いんじゃないかな!?」

尻尾で頭をはたかれた。

「別々だよ! 油断すんなっつってんだろ、求婚が本物だってわかってからだ!」

「そ、そっか。そうだよね」

つまり求婚が本物なら一緒に寝てもいい。

納得しながら、ハディスはそそくさと立ち上がり、もう一度寝顔を見る。

何か夢でも見ているのか、眉間にしわがよっていた。でも、そんな顔も可愛い。後ろ髪を引かれる思いはあったが、別室にある寝台へ向かう足取りは軽かった。

「大事にしたいな」

「……そうだな」

「幸せ家族計画も遂行するんだ！」

拳を握るハディスにラーヴェは溜め息だけを返した。でもすぐにかたわらで笑う。

「ま、それもいいさ。――お前が、幸せになるなら」

「なんだいきなり、えらそうに」

「俺が、女神を斃せればよかったんだけどな」

ぱちりとハディスはまばたいた。

「今更、何を言い出すんだ。いつも言ってるじゃないか、お前。理で女神は斃せないって。だから竜妃が必要なんだろう？」

「ああ、うん。そうだったな。……でも理は、お前を救わなかった、気が、して……」

考えるよりも先に、胸騒ぎがした。足を止めて、息を吸い直す。

夢じゃない。ここが現実だと、確かめるように。

「……らしくないぞ。お前は愛を与えられない、愛に溺れて理をまげれば神格を落とすからって、今まで僕に散々言い聞かせてきたじゃないか」

「――だな。いやぁ、俺もお前に嫁さんができるってんで、浮かれてるのかもしんねーわ」

振り向いて、いつもどおり明るくラーヴェが笑う。竜と呼ぶには小さすぎてバランスの悪い体、大きくて愛嬌のある瞳、神の威厳など微塵もないその姿。

そう、いつもどおりだ。何も失われてなどいない。

神秘的な白銀の鱗は、見た目ほど冷たくなく、あたたかいままここにある。

「お前は、幸せになれる。今度こそ」

慎重なラーヴェが未来を断定するなんて、やはり、らしくない。

だが、ハディスが信じるのは不確かな愛などではない。理だ。寝台を見返る。そこには奇跡が眠っていた。でも奇跡だって明日になれば目を覚まし、現実に変わる。

だから、彼女は理がくれた贈り物だ。愛なんかじゃない。

優しく見つめる育て親の瞳の中で、贈り物を受け取った子どもが頷き返した。


さあ、ここからが、今からが。

愛に溺れ理に背いた運命の、はじまりはじまり。

✤もう二度と、今度こそ✤

従うとしたら、強い者だと決めていた。

でもたまに、貴女がとてもきれいな女性に見える。


「手合わせですか？　いいですよ、じゃあ訓練場にいきましょうか」

誘いをかけたジークに、十歳だという少女はにこやかに笑った。どこから見ても子どもなのに、背筋はいつもぴんと伸びて、応対もよどみない。だから自然と『隊長』などという呼び方を選んでしまったのだろう。

「怪我をしないよう、訓練用の剣でいいですよね」

「魔力での攻撃とかもなしだ。俺が使えないからな」

「わかりました」

ベイル侯爵の私軍が使っていた訓練場に、木剣が打ち合う音が鳴り響いた。

最初はただの型の確認のように軽く、打ち合っては距離をさぐる。だがやがて深く、呼吸と合わせて、動きが速くなっていく。

（くそ、すばしっこい）

一撃一撃、力はそんなにないはずなのに、勢いをのせて重心が崩れやすいところを的確につ いてくる。予備動作もほとんど見てとれない。

そもそもジークが振るう剣は、大剣と呼ばれる大ぶりな武器だ。小柄なジルを捉えるには分が悪い。

また視界から消えた、と思ったら懐に入られた。

かんっとひときわ高い音がして、ジークの持っていた剣が上空に弾き飛ばされた。

くるくると回ったそれが、音を立てて石畳の地面に転がるのを見届けてから、どっかりジークは腰を落とす。

「──負けだ」

「潔いですね」

「負けは負けだ」

座りこんだジークと、笑っている勝者の目線の高さはほとんど同じである。

異常だ、と思った。

あの皇帝が自分を負かすならわかる。にこにこお菓子を作ってジルがどうしたこうしたと日々大騒ぎしているが、相当鍛えているはずだ。ジルといるときの空気は緩んでいるが、緩めているだけで、生クリームを泡立てているときでさえ隙を見せることがない。竜帝と名乗るだけのことはある。

だがこの少女は――ジルは、魔力を持っているだけで、それ以外はただの十歳の少女であるはずだ。

ジークにとって魔力を使う人間といわれて連想するのは、深いフードをかぶり、戦場の背後で兵士をサポートする、あるいは大砲（たいほう）などの威力（いりょく）を持つような存在だ。典型的なのはクレイトスにいる魔術士である。少なくとも、一対一で戦うものではない。

なのにこの少女は、歴戦の傭兵（ようへい）のような、鍛え抜（ぬ）かれた軍人のような戦い方をする。

「どうしてお前はそんなに強い」

「身体能力のことを言っているなら、魔力による補強ですね。たとえば、普段（ふだん）何も意識せずにいると、これくらいしか飛べません」

そう答えて、ジルはぴょんと軽く飛んだ。普通の女の子がはねるような高さだ。

「でも、わたしはあなたとカミラをつかんで屋根の上まで飛んだでしょう？　あれは魔力を使ってます」

「だがさっきの戦いで、魔力は使っていないだろう」

「無意識で使ってないとは言い切れないですよ。これぱっかりはわたしにもどうしようもないんです。うちはそういうふうに教育される家系ですし」

苦笑いする少女の余裕（よゆう）に、なんとなくむっとした。

「わかった。なら今度は魔力も使ってこい」

「ええ？　あの、それだと勝負になりませんって」

「それでもだ！　──クレイトスの王太子は魔力を使いませんなんて、言わんだろう」

石畳の隙間をじっと見ているのは、目を合わせられなかったからだ。

だがその目を合わせられない意味を、自分は知らない。

ただ、血の気が全部引くような恐怖と胸をかきむしるような怒りだけがある。

もし、あのとき竜帝がこなかったら、ジルは連れ去られただろう。ジークもカミラも、ゴミのように吹き飛ばされていただけだった。

相手は王太子だというが、まだ少年だった。あとから聞いて十五歳だと知った。

負けは負けだ。潔く認める。だが屈辱が消えるわけではない。

空で女神の槍と戦う戦女神のような姿を見ているだけで終わった。そのあと墜落してくるジルを受け止めることもできなかった。

(それをしかたがないとか、気にするなとか、言わないでくれ。俺はもう二度と)

二度と──なんだろう？

「──わかりました」

別のことに意識をとられかけていたジークは、はっとして顔をあげる。

目の前に、凶悪さが増した隊長の笑顔があった。

「魔力の開花訓練はのちのち、と思ってましたが。魔力に慣れておくのが第一ですし」

「あ、ああ……」

「大丈夫だ、死なない程度で調整してやる」

ばりっと、ジークにも見える魔力をジルがその手から奔らせる。

あ、死んだ、と思ったので、自分が何を考えていたのかも忘れた。


「……今日の晩ご飯は、ジークの丸焼きにするの？」

「陛下！」

ジルがぱっと顔をあげると同時に、魔力で丸焼きにされかけていたジークはうつ伏せにぶっ倒れる。

今の感じを忘れないように、という有り難い一言を最後に、ぱたぱたとジルが走り去る音が聞こえた。逆にこちらへやってくる足音がひとつ。

「ちょっとお、何やってんのよジーク、あんた」

「うるさいな、訓練、だ……！」

「訓練って、魔力で調理されることを言うわけ？」

殴ってやりたかったが、そんな力もない。

どうにか腕に力をこめて、今度は仰向けになる。そして首を動かすと、何やら竜帝に話しかけている少女の横顔が見えた。

その光景だけ見れば、とても微笑ましい。仲睦まじい兄妹という感じだ。夫婦にはとても見えない――とは、言わないほうがいいか。

そんなふたりの姿を、しゃがみこんだカミラの体が遮る。

「あんたまた悪癖が顔を出したんじゃないでしょうね」

「なんだよ、悪癖って」

「変に白黒つけたがるところよ。馬鹿なんだからいつだって大雑把でいなさいよ」

まったくだ。だがカミラに同意するのも癪なので、勢いをつけて上半身を起こす。

ジルはハディスに抱き上げられていた。あの隊長はああして竜帝といるときだけは、ちょっとしっかりしているだけの、普通の女の子に見える。

「……笑うなよ」

「笑うわよ」

「会話しろ、会話を。……こないだ、隊長が十六、七くらいの女に見えたんだ。あんなガキじゃなくて」

「女神の槍なんてものと空を飛んで戦ってたからでしょ」

そのときにと言っていないのに持ち出してきたということは、カミラにも見えたのかもしれない。

「錯覚か」

「そうよぉ。大体、錯覚じゃなかったらどうするの？」

「どうって」

彼女が二十歳手前くらいの、いわゆる今より大人の女性だったら？

おもわず考えこんでしまったジークに、ふと竜帝が目を向けた。

いつも子どもっぽく笑って、でも底の知れない、金色の両眼。

「……同じだろ、隊長だ」

「そうよね、そのほうがいいわよ」

降参したとばかりに大の字になって転がる。

二度とじゃない。今度こそ、守ってみせる。

それでいいじゃないかと、青い空に誓う。竜のいない国にも続いている空に、等しく。

へいか、と青年に抱えられた小さな女の子が言う。

「わたしがスフィア様に礼儀作法を習っている間、陛下はお仕事ですか？」

「うん、商会の会長と面談」

「では、ジークを忘れずにつれていってください」

「わかった」

「お薬飲むのも、忘れちゃ駄目ですよ」

「わかった。君も終わったら、執務室にきてくれる？　パウンドケーキがちょうどさめてる頃だと思うから」

「わかりました！　じゃあ、指切りですね」

小指と小指を絡め合って約束をしているふたりは、兄妹のようだ。

実は青年はこの国の皇帝、女の子はその妻といわれて、すぐ納得する人間はいないだろう。

(微笑ましいっちゃ微笑ましいんだけどねえ。おままごとっぽい)

頬に手をあてて、カミラは嘆息する。そのカミラの横から、女の子と入れ替わるようにジークが青年についていき、青年の腕から飛び降りた女の子がカミラの横についた。

「お待たせしました、カミラ。行きましょう」

礼儀作法の家庭教師が待つ部屋へ向かうジルは、とても大人びている。

聞き分けがいいどころか、こちらに的確な指示を出し、わがままではなく命令を伝え、その責任をとる。ジークが呼称にしている『隊長』がしっくりくる態度だ。十歳の少女の見た目のほうが間違って見える。

　さきほどの会話も、実は子どもっぽい青年に合わせているのかもしれない。

（……そういえば、ジークがおかしなこと言ってたわね）

　この少女が女神と戦っていたとき、大人の女性に見えたとかなんとか。

魔力が弾ける空が見せた幻覚だろうと思っていたのだが、急に不安になってきた。あり得るかも、などと馬鹿げたことを考えてしまう。

　この子が可愛い『女の子』ではなく『女性』なら――さっきのあれも、微笑ましく見ていていいものかどうか。

　子どもだからと微笑ましく思えていたのに、妙な焦燥感が募る。

「ねえ、ジルちゃん。陛下のどこが好きなの？」

「なんですか、いきなり？」

　普通の女の子ならびっくりしてうろたえそうな質問にも、ジルは大人びた反応を見せた。

カミラは、回廊をジルと歩きながら続ける。

「ジルちゃんが勘違いしてたらって、ちょっと気になっちゃって」

「勘違いですか？」

「だって、陛下って確かに見た目は超イケメンだけど、中身があれでしょう」

「あれって。陛下に不敬です、カミラ」

と言われても、あれはあれである。あれとしか表現できない。

見た目に反する無邪気さとか、残酷さとか、底の知れなさを含めて、すべてあれだ。

「ジルちゃんが陛下に胃袋つかまれてるのはわかってるけど、それだけで結婚を判断してたら危険じゃない？　どんなにしっかりしててもジルちゃんはまだ十歳だし、色々と乙女心とかに疎そうだから心配になって」

「……カミラのほうが乙女心をわかってるのは否定しませんけど」

ここでお前は男だろうなどと言わないジルだからこそ、カミラは肩入れしてしまう。

「だから、ね？　カミラお姉さんに話してみて。ほんっっっと一にあれでいいの？」

「しょうがないでしょう、可哀想だと思ったんですから」

可哀想、と口の中で繰り返してから、カミラは慌てる。

「ちょっジルちゃん、同情でしょそれ⁉︎　好きって違うわよ、もっとこう、目が離せなくてどきどきするものよ！」

「どきどきしてますよ、いつ倒れるかと思うと本当に目が離せなくて」

「それも違うってば！　それじゃあ見た目かっこいーってきゃあきゃあ言ってるほうが、まだ恋に近いわよ！」

「でも、自分より強い男が可哀想で助けずにいられないのは、好きってことですよ」

一瞬、言葉をなくした。

カミラを意味深に見あげたジルが、いたずらっぽく笑う。

「たとえばわたしはカミラに何かあったら、可哀想だし助けたいと思います。それを同情だと言われればそうです。わたしにとってカミラは守るべき対象ですから。でも、陛下は違うじゃないですか」

「……えっちょっと待ってちょうだい。それは……違うもの、なのかしら？」

「いくらあれとか言ったって、陛下は強いんですよ。わたしよりも、カミラよりも、ずっと強いひとです」

カミラは無意識で胸を押さえて、唸る。

今、思いがけずぐっさりと、何かがここに刺さった気がした。

「傷ついたわ。なんとなく……えーなんでかしら」

「わたしに聞かれても」

「あっ、わかったわ。ジルちゃんは皇帝陛下を強い男だって思ってて――」

そして、ジルはその皇帝陛下よりカミラを弱い男だと思っている。

「……考えるのやめるわ」

「いいんですか？」

「世の中気づかないほうがいいことはあるの。大人だって現実から目を背けたいのよ……」

「陛下みたいなこと言い出しましたね」

「まって。今、それもちょっとえぐられるから」

「あ、陛下よりもずっと、カミラは大人だってわかってますよ」

小さく笑うジルの仕草は大人びているが、子どもだ。歩幅だって小さい。

(ああ、うん。なるほどね。でもこの子、間違いなく女だわ)

だからちゃんと、男の気持ちがわからない。

「ええ、アタシは大人よ。なんなら抱っこしてってあげましょうか、ジルちゃん」

「カミラまで何言い出すんですか。大丈夫です」

「そうね、愚問だったわ」

自分に呆れて、カミラは苦笑いを浮かべる。

ジルはハディス以外に隙を見せない。ひょいひょい気軽にハディスは抱えているが、あれは彼だけの特権なのだろう。

そういう線引きについて、女性は厳しいものである。

「その時点で気づくべきだったわ」

「何をですか？」

「んーん、なんでもないわよ」

まあでも、非常時に抱える権利くらいは自分にもあるだろう。

(むしろそれが護衛の仕事だし？)

「ふふーん」

「……今度はなんですか」

「気づいちゃったー。ジルちゃんってば、実は陛下に抱っこされるのが嬉しいのね？」

「!!」

でも少し悔しいので、せめてこの子が、自分好みの女性には育ちませんように。

あとは全部ジークのせいにしておこう。

そしてカミラは本日も護衛の仕事に徹することにした。

「私をハディス様のダンスのパートナーに、ですか……!?」

「ああ。頼んでもいいかな。ベイル侯爵の代行になる君のお披露目もかねて、丁度いいと思うんだ」

「あの、でもジル様はそれでよろしいのですか?」

スフィアは、ハディスの横にちょこんと立っているジルを見る。

ベイルブルグを去る前に、地域周辺の有力者を集めた舞踏会をベイル城で開きたい。主催は次の領主が決まるまでベイルブルグを預かるハディスだ。ならばハディスのパートナーは、竜妃であるジルがつとめるのが普通である。

だが、ジルはスフィアに笑顔を返す。

「スフィア様がいいからお願いしてるんです。ね、陛下」

「うん。僕がスフィア嬢の後ろ盾だってちゃんと表明できるしね」

「そ、そうかもしれませんが、ジル様がご不在ならまだしも……ど、どうしてジル様ではないんですか。はっ、まさかジル様はダンスも苦手ですか……!?」

「それ以前の問題ですよ。わたしと陛下じゃ、身長差がありすぎて踊れないんです」

思いがけない理由に、スフィアは目を丸くして、ふたりを見比べた。

ジルが自分の頭のてっぺんに手のひらをのせて、ハディスの腹あたりをさす。――確かにこの身長差では、ジルがどんなに高いヒールの靴を履いても、ダンスを踊るのは無理だろう。

「かといって、舞踏会を開いておいて、主催の僕が踊らないのも問題だろう。だから、君にお願いしたいんだ」

「で、では、ジル様は当日どうなさるんですか？」

にこにこしているハディスは、とても聡いひとだが、愛されることに疎い。自分とハディスが踊る姿を見てジルがどんな気持ちになるか、わかっていない可能性がある。

そのあたりを確認できなければ、とてもではないが怖くて引き受けられない。

だがスフィアの質問に、待ってましたとばかりに声をあげたのはジルだった。

「わたしは陛下の護衛をこっそり」

「それは駄目だって昨日言った。君は留守番。君が舞踏会場にいると、スフィア嬢にパートナーを頼んだ理由を邪推されるよ」

「それはそうかもしれませんけど！　でも、じゃあ誰が陛下をお守りするんですか」

「君、舞踏会の料理が目当てでしょ」

ぎくりと止まったジルが、わかりやすく目を泳がせた。

「そ、そんなことはない、ですよ？」

「舞踏会の料理はベイルブルグの料理人たちに頼むから、君がおとなしくしていてくれれば、僕はチョコレートケーキを作る時間があるかもしれないなぁ……」

「わたし、留守番します！」

「ということで、頼めるかな」

ジルをあっさり黙らせたハディスに、スフィアは苦笑いを浮かべる。

こと食事に関しては、このふたりは互いに年相応だ。

（ジル様、普段は大人びてらっしゃるのに）

まだ子どものジルには、チョコレートケーキのほうが大事なのかもしれない。それに、スフィアとハディスのダンスをジルは見ずにすみそうだ。

スフィアは胸をなで下ろして、頷いた。

「わかりました。私でよろしければ、お引き受けします」

「助かるよ。帝都に戻れば夜会の数も増えるし、君には今後もまたこういうことをお願いするかもしれない。もちろん、君が新しいベイル侯爵を見つけたら遠慮するけれど」

「はい。そのときまで、ハディス様とジル様のお役に立てるなら」

他の女性よりはましだろうと、スフィアは辞儀をした。

代理を頼まれることにさみしさはあるが、それは時間とともにいずれ消えていくものだ。

少なくとも、ジルと一緒に幸せそうに笑うハディスを、スフィアは喜べている。

(不安があるとすれば、ジル様がこういうことに年相応なことだけれど——)

皇帝の花嫁になるのだ。これから先、女の戦いに巻きこまれるのは避けられない。軍事や腕っ節以外のことに疎そうなジルが、スフィアは心配だった。

でも、もう少しだけ、チョコレートケーキでご機嫌になるジルでいて欲しい。辞儀から顔をあげるついでにそっとジルを盗み見しようとして、スフィアはまたたく。

ジルは笑っていなかった。はねた髪先を指でつまみ、自分の小さな体を見おろしている。だがすぐに振り切るように笑顔を作り直して、かたわらのハディスのマントの裾を握った。

「陛下。——わたし、すぐ大きくなりますからね」

裾を引かれて視線を移したハディスには、ジルの笑顔が映っただけだろう。でもハディスは嬉しそうにジルを抱き上げ、視線の高さを合わせる。

互いの額を合わせる姿は、まるで雛が身を寄せ合っているようだ。

「待ってる。でもあんまり早く大きくなられると君をこうして抱き上げられなくなるから、それはさみしいな」

「そ、それは我慢してください」

「——ジル様」

思わず呼びかけたスフィアに、ジルが振り向く。

ハディスは大人の男性で、子どもでは釣り合わないと賢いジルはわかっている。だから気を遣って平気だと笑う、冷静で、大人びた女の子。カミラやジークあたりならそう評価するだろう。ハディスもそう思っているかもしれない。

けれど、スフィアは認識を改めた。

（私をパートナーに選んだのは、ジル様だわ。私なら安全でもう邪魔にならないから）

竜帝に恋をした彼女はもう、可愛い、普通の女の子ではない。

竜妃だ。

スフィアは微笑む。笑顔の意味を、きっとジルは察するだろう。

「刺繡に詩の朗読、頑張りましょう。ダンスも必須です」

ジルは嫌そうな顔をしたが、ちらとハディスを見て、小さくはいと返事をした。

それはきっと、他の誰にも彼をとられないために。

世界でいちばん彼にふさわしいのは自分だと胸を張るための、小さな竜妃の戦いだ。

参謀、爆誕秘話

「陛下！　陛下、これ飼っていいですか⁉」

可愛いお嫁さんが駆けよってきたので、ハディスはまずしゃがんだ。

両手で大事に抱えたものを、ジルが目の前に差し出してくる。

ヒヨコだ。

黄色の可愛い生き物がぴよぴよと、ジルの小さな手にすっぽりおさまって鳴いている。

そういえば今日、ベイル城に行商がきていた。帝都に向かう前にジルの新しいドレスや宝飾品、入り用のものをそろえるためだったはずだが、目をつけたのがこれだというのがなんとも子どもらしいというか、ジルらしいというか。ハディスは苦笑してしまう。

「ジルちゃん、大きくなるのよそれ」

「帝都に連れていくのは無理だろう」

ジルのあとから追いかけてきた騎士たちも、苦笑い半分でたしなめている。ジルは首を横に振った。

「わたし、ちゃんと育てられます！　途中で手放したりしませんから」

「陛下がいいって言ったらいいですよね。陛下、お願いします！　犬とか猫とか、生き物を自分で飼ってみたかったんです」

顔に不安と期待を半分ずつ浮かべて、ジルがハディスに詰め寄る。あまりの可愛さにめまいがした。

断れるわけがない。とにかく大人びているハディスのお嫁さんは、滅多にわがままなど言わないのだ。しかも、これは初めてのおねだりである。

それはジルの騎士たちもわかっているのだろう。

やれやれ、という顔でハディスの判断を待っている。

「わかった、いいよ。生き物を育てるのって、いい勉強になるって言うし」

ぱっとジルが顔を輝かせた。

「ほんとですね⁉　あとでなしにしないでくださいよ、陛下！」

「でも、ちゃんと面倒みるって約束は守らないと駄目」

「わかってます！　ありがとうございます陛下、大好き！」

珍しくはしゃいだ声をあげて、ジルがぴょんぴょんはねている。駄目だ、可愛い。

あーあ、体の内側からラーヴェまで苦笑気味の声をあげる。

（おめーも嫁さんには弱いわけか）

（うるさいラーヴェ、可愛いからいいじゃないか。しかも大好きって言われた！）

可愛いジルと可愛い雛。可愛いしかない。なんて心温まる光景だろうか。今日も世界は輝いている。

「おいまさか騎士の仕事にペットの世話も入るんじゃないだろうな。鶏だぞ、鶏」

「頑張りなさいよ」

「俺に押しつける気満々かよ」

「あ、育て方の本をさがさなきゃ。図書室いってきます！」

「その前に名前をつけたら？」

ハディスの提案に、ジルが目を丸くしたあと、じっとヒヨコを見て破顔した。

「じゃあステーキで！」

その場が一瞬で凍り付いた。

「そ、それは食べ物の名前でしょジルちゃん。いくらなんでも」

「直接的すぎますか？　じゃあシチュー！」

「いやそうじゃない、隊長。なんで食べ物の名前から離れないんだっていう……」

「ソテーでもいいかも？」

調理方法になってきた。

なんだか寒気がしてきたのは気のせいだろうか。心なしか、ジルの手の中にいるぴよぴよした黄色の生き物も、震えている気がする。

「早く大きくなったらいいな」

ジルだけが、無邪気に笑っている。

「ありがとうございます、陛下。大事にしますね、ソテー！」

「……そ、うか。うん。ソテーで決まりなの……？」

「本当に夢だったんです、自分で育てるの！　牛とか豚とかもいつかほしいです！」

——なんのために？

と聞けない情けない大人たちを置いて、ジルはヒヨコを大事に抱えて踵を返す。

ぴよーっという鳴き声が悲鳴に聞こえたのは気のせいだろうか。

「…………」

「…………」

「…………」

誰も何も決定打を言えない空気の中で、ジークが後頭部をかいた。

「……とりあえず、あれだ。知らないうちに逃げ出したとか、そういう展開でどうだ」

「そ、そうね。そうしましょ！　大体、帝都のお城で鶏飼うのは、ねえ。牛や豚も、牧場じゃあるまいし」

「そ、そうだな……」

こくこくとハディスが頷けば、皇帝の許可があることになる。

きっとカミラとジークはうまくやってくれるだろう。

だがしかし、ジルが我が子ならぬ我がペットを守るためその戦闘能力と護衛能力を発揮し、カミラやジークの策はことごとく失敗。ラーヴェすら返り討ちにあった中、もはやソテーを逃がすことはできない。

(まさかソテーにするのは僕か?)

——などとは聞けないまま、ヒヨコのソテーがいずれ鶏のソテーに育つのを、ハディスはぶるぶるしながら見守ることになるのだった。

なお、このソテーなる軍鶏がジルの参謀として活躍するのは、また別の話。

⚜軍神令嬢は恋の仕方を模索中⚜

たりない砂糖を買いに出た夕暮れの帰り道、ハディスはつないでいた手がふと離れそうになったことに気づいて、足を止めた。

「ジル？」

「え？　あ、すみません」

ショーウィンドウを見ていたジルが慌ててこちらを向く。

ハディスは逆に、ジルが見ていたショーウィンドウの中へと目を向けた。

くまのぬいぐるみがひとつ、クッションの上にちょこんと座っていた。丸い耳と黒目、ふわふわと抱き心地のよさそうな焦げ茶の毛。なかなかに可愛らしい出来映えだ。

「欲しいの？」

「ち、違います」

ジルは否定したが、ちらちらとぬいぐるみをうかがう視線は隠せていない。

ショーウィンドウをのぞきこんで値段を確認するハディスに、勝手にジルが慌て出す。

「だ、だから、欲しくないです！　ぬいぐるみはわたし、持つ資格がないんです！」

「持つ資格って、そんな大袈裟な」

「ほんとなんです！　昔、両親に買ってもらったんです。でもその日、家に賊が入って、わたしはそのぬいぐるみを盾に使っちゃって。あ、あとで、直せると思って……」

なんだかオチが見えた気がする。

ぐっと両の拳をにぎってジルが目を地面に落とした。

「手を尽くしたのですが、複雑骨折みたいな有り様になり、くまのぬいぐるみは殉死しました」

「殉死」

繰り返したハディスに、ジルは真剣に頷き返した。

「だからもう、わたしはぬいぐるみを持つまいと決めたんです」

それはなんというか。

「……ご愁傷様です？」

「お気遣い、ありがとうございます」

部下を失った兵長のような顔でジルが返す。

「なので、わたしにはもうぬいぐるみを持つ資格はないんです……」

そう言ってジルはひとり、苦悩を抱えた顔のまま歩き出す。

おい、とハディスの内側に引っこんでいるラーヴェから声があがった。

（わかってんだろうな。あとで買ってやれよ）

もちろんわかっている。ただそれだけでは味気ない。

（ラーヴェ、あとでちょっと手伝え）

どうせなら素敵なプレゼントにしよう。思案しながら、ジルの背中を追いかけた。

大人がふたり、大の字になって眠れそうな天蓋付きの寝台は豪奢だが、枕もカバーも無地の白なせいで、いささか殺風景だ。

こういうときぬいぐるみのひとつでもあれば、と思ってしまって、ジルは嘆息した。

（あのくまのぬいぐるみ、可愛かったな）

短い手足も耳も、抱き心地のよさそうな体も、丸々として可愛かった。そういえば、ラーヴェ帝国にはくまのぬいぐるみの有名なブランドがあるのだ。確かジルがかつて持っていたぬいぐるみも、同じものだった。ひとつひとつ職人の手作りなことで有名なので、まったく同じ形ではなかったが――そこまで考えてぶんぶん首を横に振る。

長く考えると、くまだった何かの有り様を思い出してしまう。微妙にモザイクがかかっていて鮮明には思い出せないのだが、その分、痛みが増す。

ぬいぐるみを欲しがってもおかしくない年齢に戻ったので、あの惨状を忘れてやり直すことはできる。だが、ジェラルドの婚約者になってからも決してぬいぐるみは手にしなかった。ジェラルド本人もぬいぐるみの殉死を聞いて「生活必需品でもないから問題あるまい」と贈ってくることはなかった。いや、そもそもジェラルドからもらうプレゼントは妹のついでだったのではないか、というあれこれはさておき。

(生活必需品でないのは確かだからな、うん)

いくら年齢が巻き戻っても、やり直す気にならないことはある。

「ジル」

着替えを別室ですませたハディスが、寝室に入ってきた。背中を向けていたジルが振り向くと、視界が柔らかい布地いっぱいにふさがれる。殺気を感じなかったせいで対応が遅れ、顔面からぶつかってしまった。

「!? な、なんですか、陛下いきなり！」

「やっとできあがったんだ」

ぬいぐるみの両腕をひろげ、寝台に座ったハディスが笑っている。

ハディスが手に持っているのは、あの店で見たくまのぬいぐるみだった。今はなぜか立派なマントと王冠がついているが、間違いない。ジルは目を見開く。

「ぬいぐるみ、作ったんですか陛下!?」

「マントと王冠はね。僕とおそろいにしたんだ」

さすがにぬいぐるみ本体は縫わなかったようだ。

「名づけて、ハディスぐま！」

「く、くま陛下ってことですか……」

「君、かたくなに僕の名前を呼ばないな？」

「そういうわけではないですが」

「まあいいけど。もうそろそろ帝都に戻るよね。そうしたらそばにいられる時間が少なくなって、こうやって一緒に寝られることもなくなるかもしれないから」

ハディスから王冠とマントが追加されたくまのぬいぐるみをそっと差し出されて、らしくなくうろたえてしまった。

「へ、陛下。わたし」

「僕だと思って持っていてほしい」

ちょっと愛が重い。

などと思っている間に、膝の上にちょこんとのせられてしまった。

じっと黒の目が自分を見あげている気がする――可愛い。ごくりと喉を鳴らして、でも、ジルは両目をつぶってハディスに押し返そうと持ち上げた。

「お、お心遣いは嬉しいです、陛下。でも――」

「このくまなら大丈夫だよ、殉死しない」

ぱちり、とジルは目をあけた。

「ラーヴェの血で染めた糸で魔法陣を縫い付けたんだ。マントを引っ張ると王冠の飾りになってる魔鉱石が起動する。一回引っ張ると結界が正面に出て、三回引っ張ると魔力の熱線が出る」

「熱線。それはどれくらいの威力ですか」

「死なない程度に前面を焼き尽くすだけだから大丈夫。糸が一ヵ所でも切れたら自動戦闘モードに入って射程距離内の敵と戦う」

「すごいですね⁉」

「相手が死ぬまで殴り続けるかもしれないからそれだけ気をつけて欲しい」

「どうしたら止まりますか」

「マントを二回引っ張れば止まる」

なるほど、扱いの難しいぬいぐるみだ。

ひっくり返したり腕を持ち上げたりしてぬいぐるみの全身を確認していると、隣に座ったハディスがいたずらっぽく言った。

「何より僕が直せるよ」

はっとジルはハディスの顔を見たあとで、どうしようもなく恥ずかしくなった。

「ずるいです、陛下」

「なんで？」

一度だめになった恋とは違うのだと、教えてくれるから。

とは答えられずに、ジルはくまのぬいぐるみを抱きしめる。

「これならもらってくれる？」

ぬいぐるみに隠れるように顔を埋めて、こくんと頷く。

嬉しそうに笑ったハディスが頭のてっぺんに口づけを落とすのを、今夜ばかりはとがめることはできない。

「ところで、ラーヴェ様って血が出るんですね？」

「うん、斬ったら出たね」

「……。怒られたのでは」

「あったりめえだよここまで黙って見守ってやったことを有り難く思えこのトンチキ竜帝!!」

だが甘い雰囲気も、神にあるまじき乱暴な口調で飛び出てきたラーヴェとハディスが始めた喧嘩で、すぐに続かなくなる。

ジルは苦笑いをしたあとで、力一杯くまのぬいぐるみを抱きしめた。

いい夜ごはん

「毎食、皇帝陛下ばかり野営食を作るのは大変でしょう」

――などとロレンスが言い出したのは、兵の引き渡し場所に向かう旅路の初日だった。

皆が持つ粗末な金属製の碗には、野営初日のかぼちゃポタージュが入っている。出発前に裏ごしまでしてきた竜帝のお手製だ。野営食でこんな上等なものが食べられるなんて、と盛り上がっている最中だった。

「皇帝陛下に負担がかかりすぎるのはよくないですよ。皆で分担しましょう。料理できますよね、皆さん」

ちょうどロレンスの近くにいたジークとカミラが答える。

「食えるだけのモンでいいならな。でも陛下が作ってくれんならそれでいいだろ」

「アタシも陛下のがいいー」

「リステアード殿下はどうです？」

「……確かに、得意だからとハディスばかりに作らせるのは問題だ。作れない連中ばかりだというならともかく」

野営食だというのにきっちり膝上にクロスをしいたリステアードが、ぎろりと近くの部下たちをにらむ。

「お前らも、皇帝に料理をさせるなど……どうして止めなかった！」

「えーだってうまいのは食堂で知ってましたしぃ」

「殿下だって食べておいて今更ですよ」

「当然だ、食べ物を粗末になどできないだろう！」

「おいしくっていいじゃなァい。ねージルちゃん、陛下のおいしいわよね」

「ほぇっ？　ほ、ほうですね」

かぼちゃポタージュとパンを交互にかきこみながら、ジルはうわのそらで頷いた。

焚き火の周囲にある魚からはじゅうじゅう脂が滴っている。そろそろ焼けているのではないだろうか。取っていいだろうか。数からいって、早い者勝ちの予感がする。

「味を求めるにしても、得意な人の指示に従って作るとか、やりようはありますよ。俺も料理はそこそこできますし。あ、もちろん皇帝陛下ほどの腕前ではないですけど」

「ふ、ふぅーん……ぼ、僕だってそんなに上手なわけじゃないけどね？　──で、でも、ジルを満足させられるかどうかが大事だと思うな⁉」

「確かにそれは重要です。なら、竜妃殿下には試食していただくということで」

「へっ？」

やはり早い者勝ちだろうと焼き魚に手を伸ばしかけていたジルは、皆に一気に注目されてびくっと止まる。

「ち、違います！　味見です、決してひとりで食べようとしたわけじゃ……あっ！」

焼き魚と、ついでに手に持ったままのパンまでハディスに取りあげられてしまった。

そんな、と思っていたらハディスが取り出した小型ナイフでパンも魚もふたつに割り、すぐ近くにあったバターを軽くパンに塗って、魚を挟んで返してくれる。

「はい、半分こ。こっちのほうがおいしいでしょ」

「はい！　……で、なんの話でしたっけ？」

気がかりだった魚を手に入れて余裕ができたジルの質問に、ハディスが笑顔で答える。

「ロレンス君がね、僕の負担を考えて料理作ってくれるんだって」

「ああ……確かに料理はうまかっ――できるって言ってましたからね、ロレンス！」

あぶない。口をすべらせるところだった。

「……へ、へぇー……そう。そうなんだー……」

しかし、別の地雷を踏んでいた。

「へ、陛下、違います。わたしは陛下の料理がいちばん好きですから！」

「こないだも同じ言い訳を聞いたなあ！」

「くそ、めんどくさ――いえ、陛下の料理がいちばん……とにかくいちばんですよ！」

「ジルちゃん、さすがに雑よぉ……もうちょっと内容をひねってあげましょうよ」

「確かにないな、今のは。陛下はチョロいほうだってのにな」

「う、うるさいな！　だったらお前らが陛下の相手をしてみろ！」

「僕も食べてみたくなっちゃったよ、ロレンス君の料理！」

今、確実にハディスの矢印がややこしい方向に向かった。

「頑張ります」

そして矢印を向けられたロレンスは、それこそかつてから、たとえ竜帝相手でも堂々と受けて立つ性悪だった。


今回の旅路は竜が使えないこともあり、日程に余裕を持たせてある。皇帝と皇兄の同行を考慮しても当然だ。

「あー……では、今から班に分かれて料理を作ってもらう。本日の夕食、カレーだ」

ただ、こんなことをするための余裕ではないとジルは思う。

同じことを思っているのだろう。説明するリステアードの眉間にしわがよっている。

「本活動の目的は……そ、そうだな。皆のおかげで予定より早く行軍している。明日には目的地に到着できるので、時間に余裕があってこそできる……そう、交流。交流だ。これを機に結束を強め、士気を高めてもらいたい」

だが臨機応変に、前向きに解釈できるのがリステアードのいいところだ。

「作り方は各班、自由だ。食材はあるものを使っても、近場で調達してきてもいい。班分けだが、まず僕の竜騎士団は適当に何班かに分かれてもらう」

「じゃんけんで負けた奴がリステアード殿下と一緒の班なー」

「そこ、聞こえてるぞ！　……竜妃の騎士と案内役の三人は、一緒でいいんだな？」

「はい、頑張ります」

にこやかにロレンスが応じるうしろで、カミラとジークがそれぞれ複雑そうに溜め息をついている。ジルは手を挙げた。何かな、とリステアードが生真面目に尋ねてくれる。

「わたしはほんとに審査員でいいんですか？」

「あ、ああ。ロレンス君曰く、漫然と作るのでは団結力向上にならないとのことで、竜妃に料理をすべて試食し審査してもらうのだが……だ、大丈夫か？　全部カレーなのだが」

「それはおまかせください！　何杯でもいけます！」

拳を握って力強く請け合う。リステアードが迷いつつも、開始を宣言した。

てきぱきと鍋だの食材だの調理の準備を始める皆を見ていると、わくわくしてきた。

「カレー、楽しみですね、へい……か……」

ふらり、とハディスが立ち上がる。その手には光る包丁を持っていた。

やけに静かだと思っていたら、ずっと包丁を研いでいたらしい。

「そうだね……楽しみだよ。ふふ、ふふふ……」

「あ、あのお、陛下……まだ気にしてますか」

「僕が何を気にするの？」

とてもいい笑顔で尋ね返され、詰まった。しかし引き下がってはいけない気がする。

「わ……わたし、陛下の料理、とっても楽しみにしてますからね！」

「そうだよね、君は楽しみだよね、誰の料理だってね」

「そ、そんなことないです。陛下の料理がいちばん楽しみですよ！」

「そうだよね、君は僕の料理が大好きだもんね」

駄目だ、難易度が高い。光を失った目のまま、ハディスが包丁を日光にかざす。

「まかせてよ。最後に勝つのは僕だ。そう決まってる……だって僕は竜帝だからね。何があっても最後に立っているのは僕だよ」

「……そ、そのぉ……どんなカレーを作るつもりなんですか、陛下……？」

毒を盛ってもおかしくない目つきで、ハディスがうつろに笑う。

「僕にしか作れない一品だよ。君の心を射止めるためなら僕はなんだって……うるさいなラーヴェ、赤竜までにしておいてやるから全部呼び出せ。竜肉食べ比べカレーだ。刺身とたたきと炙りと、ついでに竜の血で呪えれば色んな手間が省ける」

「待ってください、すごく気になりますけど駄目です！　竜が集合しちゃったらここまでの隠密行動が台無しですよね⁉」

「問題ないよ、どうせ誰か裏切ってるんだ！　ここで全員始末すれば話が早――ぁいたっ！」

「お前は僕と一緒だ」

はたかれた後頭部をさすりながら、ハディスが背後に立ったリステアードを振り返る。

「なんで。僕はひとりでできるよ」

「今回の趣旨を忘れたのか、団結力の向上！　班行動だ」

「嫌。邪魔。うるさい」

「わがままを言うな、却下だ。全員で作って、最終的には全員で食べるんだ」

「僕は食べないよ。自分で作る。他人が作ったものなんか口にできるもんか」

一笑するハディスの額を、リステアードが指で弾いた。

「お前、僕が毒殺と無縁だとでも思うのか」

ハディスが固まる。ジルもリステアードをまじまじと見つめてしまった。

だが、本人は平然としている。

「わざわざ主張するところが子どもだな、お前は。いいからこい。毒を盛られるときは僕も一緒だ。犯人の手間をはぶいてやろうじゃないか」

返事ができないまま、おとなしくハディスが引きずられていく。

リステアードにまかせておくほうがいい気がして、ジルは見送った。また光のない目で包丁を振り回されても困る。

しかし、そうなるとジルは暇だ。料理ができあがるまでの時間、何もすることがない。

(手伝えることがあればいいんだけど……)

ふと周囲を見回すと、ロレンスたちが作業を始めている。懐かしさにつられて、気づくと足がそちらに向いていた。

「何をたくらんでるのよ、この狸」

「いきなりなんですか。僕、あやしまれるようなことしてます?」

「全身があやしいんだよ、お前は」

そう言いながらジークはしっかり指示どおり鍋を火に掛ける準備をしてくれているし、カミラも器用にじゃがいもの皮を剝いている。下っ端のロレンスは指示を出す立場になった経験が少ないが、指示の通りやすさはちょっと驚きだ。

「なんでそう陛下にちょっかいかけるのよ」

「そりゃあ、三百年ぶりの竜帝が目の前にいるんですよ。気になるじゃないですか」

「それで料理対決で竜帝に勝とうってか？　腕っ節じゃかなわないからってどうなんだよ」

「やだなあ、勝とうなんて思ってませんよ。――あ、食材は大きめに切ってください」

「火の通り、遅くなるわよ」

「いいんですよ、クレイトス風なので」

カミラとジークがぴたっと手を止めたので、つい笑って、手の内を明かしてしまう。

「正確にはサーヴェル風ですかね。具材は大きめに、肉をごろごろ入れるんです。味付けは甘口で。――竜妃殿下と話がはずむと思いません？」

故郷の味、故郷の人間。ジルがラーヴェ帝国にきて数ヶ月、そろそろ懐かしくなってくる頃合いだろう。ジルはジェラルド王子とフェイリス王女を嫌っているだけで、クレイトス王国そのものに嫌悪はないとは確認済みだ。自分は警戒されているようだけれども、嫌っているジェラルド王子の部下だとばれているからだとわかれば、いくらでも立ち回りようはある。

「お前……その手で勝とうってか……」

「俺なんかが竜帝に勝てませんって。でも、負けないことはできると思うんですよね。だって俺の目的は竜妃殿下に一番おいしいって評価されることじゃないですし。皇帝陛下は違うんでしょうけど」

「それってジルちゃんが審査員になった時点でアンタの勝ちじゃないのよ！　あーやだやだ、これだから」

「でもおふたりだって、竜妃殿下はどうしてあの皇帝がいいんだって思ってますよね」

またふたりの手がぴたっと止まった。図星だと、ロレンスはほくそ笑む。

「俺も同じですよ。協力してやりこめません？」

「やめて、変な誘い方しないで！」

「お前はクレイトスに帰ればいいんだろうけどな、こっちはそうはいかねえんだよ！」

「でも皇帝陛下は既にご機嫌ななめですよ。竜妃殿下はご機嫌取りに失敗してますし、あなた方の苦労は変わりません」

「アンタのせいでしょうが！　アンタが陛下を挑発するから」

「その様子を面白がって見てますよね」

反論できないらしく、ふたりが押し黙った。もう一押しだ。

「負けさせませんよ」

人差し指を唇の前に立てて、誓ってみせる。

だん、とカミラがまな板の上を叩いた。

「――何しろってのよ、このクソ狸」

「言っとくが、陛下は本当に料理うめーぞ。それでも、なんだな」

低い声は、腹をくった証だ。ロレンスは笑う。

「実は寄り道させられた露店でいい肉が手に入りましてね。それを使いましょう」

「……隊長、肉好きだからな……」

「でも食材だけじゃね。陛下のほうがおいしいって言われて終わりよ」

「味で競わなくていいんです。竜妃殿下の気が引ければ」

それだけで竜帝は悔しがる。

「対して陛下は大変ですよ。竜妃殿下は全員のカレーを食べるでしょうし、その中で皇帝のカレーを一番おいしいと評価しても、それは当然ですから」

「陛下、素直に信じないでしょうしねー……ジルちゃんが雑に扱っちゃってるから」

「ご機嫌を損ねた陛下に俺たちが惨殺される可能性が絶対ないとは言いませんが、お優しい竜妃殿下はそんなこと許さないでしょう。逆に嫌われるのは陛下です」

この勝負、勝とうが負けようが、竜帝にいいことはひとつもないのだ。

「相手がはるか高みにいて自分がそこに決して辿り着けないときは、相手を引きずり下ろして勝負するんです」

「お前、ほんと卑怯なことを堂々と言うな」

「相手は竜帝ですよ。竜神の加護を受ける、神様です。卑怯も何も、矮小な人間が神に挑むのに手を抜くなんて不敬では？」

「そこで神に挑まないって選択がないあたり、らしいわよねェ」

まだそんなふうに評価されるほどの深いつきあいではないが、確かに自分らしい気はしたのでロレンスは肩をすくめて否定しなかった。

「あまり神様に救われた覚えがないからですかね。それに、肝心の料理だって本領発揮ができるかどうかわかりませんよ。団体行動、苦手でしょう」

目で少し遠くを示す。ちょうど、竜帝が皇兄に引きずられていくところだった。

「あー……あの兄貴、面倒見いいんだけどな。料理できんのか？」

「皇子様だものね。……あら、ほんとにいいセンいってる？」

「だから負けませんって」

一呼吸置いて、カミラが腕まくりをした。

「──そうと決まれば、さっさと作るわよ。指示ちょうだい、指示」

「俺がスパイスを作りますので、カミラさんはそのまま食材を処理してください。ジークさんは……ここって狐とか兎とかいますかね。肉を追加できたらいいんですけど」

「おー、じゃあちょっくら見てくるか。カミラ、弓かりんぞ」

「折るなよ、熊」

「どうですか、作業進んでます？」

下から声がしたと思ったら、ひょっこり顔を出したのはジルだった。

「何かわたし、手伝いましょうか」

「あ、ああ──そうだね」

竜帝への嫌がらせならありかもしれない。と思ったら背後からカミラに肩をがっしりつかまれ、真顔でゆっくり首を横に振られる。そのうしろでは、弓を持ったジークが大きなばつを腕で作っていた。

すべてを理解したロレンスは、笑顔でジルに向き直る。

「審査員に手伝ってもらうのはちょっとね。でも、調理過程も審査対象かな。何か聞きたいことあったら聞いて」

「あ、そうですよね！」

ぱっとジルが顔を輝かせた。遠くでドス黒い空気を撒き散らしている竜帝にまったく気づいていない彼女は、やはり大物だ。隣でカミラが「性格悪……」とつぶやいたので、ジルに隠れて足を蹴っておいた。

やっぱりジルは、ロレンスという少年を必要以上に気にしている。自分を追いかけるのではなく、ふらふらとあちらに向かったのがいい証拠だ。

竜妃の騎士がいれば浮気ではないと思っているのかもしれないが——いや、よく考えたらあのふたりだってあやしい。気づいたらジルの部下になっていて、出身も育ちも違う他国の人間なのに、あんな短期間でジルとすっかり馴染んでいる。

何よりあの三人とジルが一緒にいる光景は、とても自然に見えるのだ。

ゆっくりと包丁を振り上げた。

(気に入らない気に入らない気に入らない気に入らない気に入らない)

目の前の肉に包丁を叩きつける。弾け飛んだ肉の欠片が頬に飛んだが、気にしない。何度も何度も執拗に、振り下ろす。

(おおお、落ち着け馬鹿。ちゃんと手元見てるか!?)

(気に入らない気に入らない気に入らない気に入らない気に入らない気に入らない気に入らない気に入らない!!)

(駄目だこりゃ……今の嬢ちゃんには俺の声届かねえし、もー)

「おい、ひとりで暴走するな」

ぐいっとうしろに襟を引っ張られ、体がよろめく。邪魔をされたハディスはキッと背後のリステアードをにらむ。

「包丁を使ってるときにいきなり、あぶないじゃないか!」

「お前の今の目と行動のほうが危険だ、どう見ても。何を作ってるんだ」

「関係な――いたっ」

また殴られた。最近、この兄を自称する不届き者は自分を平気で殴る。だが、どんなにらみつけても平然としているので、やりにくい。自分のほうが悪い気さえしてくる。

それを認めるのも癪で黙っていると、リステアードは嘆息した。

「今度はむくれてだんまりか。まあいい、ほら指示を出せ。力仕事なら誰にまかせてもそう味は変わらないだろう。言っておくが、まかせないはなしだぞ。班行動だ」

言い負かそうと口を開こうとしたら、思い出してしまった——毒。

「……。じゃあ、この肉、叩いて潰して。できるだけ細かく。あと、そこにあるきのことたまねぎ、みじん切りにして」

リステアードが頷き、何人かの部下に作業を割り振る。肉を叩いて潰すという指示は不可解なのか、首をかしげている面々にハディスは無言で手本をみせた。隣で見ているリステアードが感心する。

「挽肉にするのか。食材に八つ当たりしていたわけじゃないんだな」

「そんなことしないよ。リステアードもやって。これくらいできるでしょ、宮廷育ちでも」

「僕は料理ができるほうだぞ。お前ほどではないがな」

包丁を持ったリステアードに、星形に切った人参を見せられた。綺麗な形にびっくりしていると、勝ち誇ったように胸を張られる。

「あまり見くびらないことだな」

「——毒見がいらないように、覚えた？」

たどたどしく尋ねると、リステアードは目を丸くしたあと、小さく笑った。

「違う、フリーダがこういうのが好きだからだ。それに毒を盛られるときはどんなに注意しても盛られる。盛り方も色々あるからな。注意は必要だが、気にしていたらきりがない」

「く……詳しいんだね」

「……毒に詳しい兄がいたんだ。性格が悪くてな……今はどこで何をしているやら」

生きているなら、既に亡き実兄の話ではない。ちょっとほっとした。

「僕くらいの年の皇族は、そいつに毒の知識を叩きこまれた。ヴィッセルも散々やられていたはずだぞ。だが、エリンツィア姉上はすごかったな。魔力の強さと体質なのか、とにかく毒がきかない。自分に効く毒を持ってこいとか言っていたが」

「……ふ。ふぅん。みんな、なんか……普通、なんだね」

「そうだな。妹たちも、毒を肌身離さず持っている。敵に囚われたとき、自決できるように」

作業をする手が震えそうになった。隣のリステアードは、丁寧に包丁で肉を潰している。

「エリンツィア姉上は毒ではなく短剣だが。――そういうものだ、皇族は」

「そんなの……」

「おかしいと思うなら、お前が変えろ。皇帝だろう」

謀殺はなくならないだろうが、頻発するのは政情が不安定だからだ。唇を引き結んだハディスの背を、ぽんとリステアードが軽く叩く。

「しっかりしろ。そうすればジル嬢も浮気などしない」

だん、とハディスは包丁を肉に叩きつけた。

「どうせジルは僕の料理が好きなだけなんだ……！」

「お前、僕の話を聞いていたか？」

「聞かないよ、なんなの今更兄ぶって。うざい」

「兄ぶるのは当然だろうが。僕はお前より二ヶ月年上の、兄なんだから」

ああ言えばこう言う。いらいらするハディスの内側で、何がおかしいのか、ラーヴェはけらけら笑い続けていた。


「いっただっきまーす！」

ずらりと並んだカレーの皿に囲まれたジルは、焼きたての引き延ばしたパンを片手に早速手を伸ばした。

「――んんっこれは辛口ですね！　なかなか刺激的……あっこっちは林檎入ってます！　まぜたらちょうどいいかも!?　おいしい～！」

班ごとにカレーがあるので、何種類も用意されている。とんでもない贅沢に、頬がゆるみっぱなしだ。リステアードの部下が引き気味に問いかけてくる。

「そのぉ……マジで全部食べる気ですか……？」

「当然ですよ！　あ、これはお魚のカレーですね！　ん～これもおいしいです！　パンにもあってますね、このカレー！」

「ナ、ナンです。彼の故郷ではよく作られているもので、せっかくなので作りました」

「へー！　クレイトスも南のほうだと、こういうのありますよね」

「エーゲル半島あたりだね。小麦粉の生地を薄く引き延ばして焼く食習慣があるのは」

ロレンスの説明にうんうん頷きながら、次に手を伸ばす。

「あっこれ面白いカレーですね……！　お肉？　細かいのがいっぱい……初めて食べます！」

咳払いして進み出たのはリステアードだ。

「キーマカレーだそうだ。どうかな、お味のほどは」

「さすがラーヴェ帝国、変わったカレーがあるんですね……！　でももうちょっと甘口のほうがわたしは好きかもです！　それに肉はやっぱり大きく、いっぱいあるほうがいいですね！」

「そ……そう、か。ぼ、僕はおいしいと感じたのだが、君には味が大人すぎたかな」

「だったらこれはどうかな」

ちらちらと背後を気にしているリステアードの横から、ロレンスがジルの前に一皿を押し出した。ジルはふっと笑う。

「もちろんわかってますよ、この肉の量……！　いちばん気になってました！」

スプーンで大きめの肉をパンの上にのせ、かぶりつく。思わず頬を押さえた。

「あ――おいしい！　おいしいです～～！　この肉！　この量！　実家のカレーとおんな

じです～！　あー懐かしい！」

　リステアードが固まる。ロレンスは満足げだ。

「よかった、気に入ってもらえて」

「はーやっぱり実家の味ってあるんですねえ。肉も色々たくさん入っておいしい……！」

「ジ、ジルちゃん。やっておいてなんだけど、さすがに……ちょっと……」

「カ、カレーじゃなく肉がおいしいってだけだろ。なあ！」

　謙遜しだしたカミラとジークに、ジルは首を横に振った。

「そんなことありませんよ！　ちゃんと味もばっちりです！　はちみつも入って栄養満点！」

「ジルちゃん、わざとなのほんとに気づいてないの⁉　この冷気を感じないの⁉」

「ハ、ハディス……こ、これはしかたない。故郷の味は別格――待て、包丁を放せ。こっちを見ろ。何か言え！」

「ここまでうまくいくとは想定外でした。実は皇帝陛下の料理は愛されていない……？」

「お前はもう黙ってろ！　おい、殺すならこいつだけにしろ陛下！」

「ごちそうさまでした～～～！　でもやっぱり一番はこの、陛下のカレーですね！」

　何やら騒がしかった周囲がぴたりと静まった。なぜかエプロンを外さず包丁を持ったままのハディスが、ぎこちなくこちらを向く。

「……ぼ、くの、カレー？」

「もう、何ごまかそうとしてるんですか陛下。これですよ、これ」

肉も野菜も定番の、地味な一皿を両手で持ち上げる。

「リステアード殿下と作ってたのとは別に、陛下がひとりで作ったんでしょう、これ。駄目じゃないですか。班行動って言われたでしょう？」

「あ、余ったから……でも、どうして」

「わかりますよ、そのくらい。いっぱい食べてますもん。わたしの大好きな味です！」

ふふん、と鼻を高くして胸を張る。周囲は静まり返っていた。

「……。よ、よかったじゃないか、ハディス！」

わざとらしいほどの大声をリステアードがあげた。同時にカミラがしゃがみこむ。

「た、助かったわぁ……さすがジルちゃん～～！」

「すごい食欲のなせる業ですね。皇帝陛下への想いがどうこうではなく」

「お前、ほんと余計な分析やめろ！　また話がややこしくなんだろ！」

「陛下？　どうしたんです」

じり、と後ずさったハディスが、真っ赤な顔をこちらに向けた。

「そ、そんな言葉に、僕はだまされないんだから……！」

「いいからおかわりください」

「あと一杯だけだよ！」

「じゃあお肉多めで」

「それはだめ！」

なぜか悔し泣きをしながらハディスがいそいそとカレーをよそい出す。

リステアードが笑い、全員に食事をするよう告げた。疲れ切った顔でジークが肉大盛りのカレーを頬張りだし、カミラがロレンスに肉を押しつけて嫌がられている。

ハディスもようやく食べる気になったのか、腰をおろした。わけてもらおうとその横に陣取ると、皿の上に星形の人参が目に入る。

「可愛いですね、それ。陛下が？」

「おいハディス、なぜ僕のにだけ花だの星だの入ってるんだ？」

ちょうどリステアードにも問いかけられる形になったハディスは、少し考えて答えた。

「内緒」

なんだそれは、とすねそうになったけど追及しないでおいた。だっていい夜だ。

たとえ明日、誰かが裏切るとしても、この夜は本物だ。

ハディスも同じように思っているといい。流れてこない星を見あげて、そう願った。

豚肉とパイナップルのハーモニー

「いっただっきまーす！」

どっしりとしながらもお洒落な色をした栗のクリームに、フォークを突き刺す。さくさくしたパイ生地まですくいとってひとくち食べると、途端に世界が輝いて見えた。栗の控えめな甘さとしっとりとしたクリームの食感に、ジルはばたばたと足を動かす。

「おいしい？　よかった。モンブランって言うんだよ」

「ほんぶあん！」

覚えた。ハディスがこら、と目を細める。

「食べながらしゃべらない」

こくこくジルは頷き返す。

その横で竜帝にお茶を注いでもらっている竜妃の騎士——肩書きと行動がおかしい気がするが気にしてはならない——ふたりが、苦笑いをする。

「ほんとーに食べるのが好きだな、隊長は。このときばかりは年齢相応っつうか」

「ジルちゃんも子どもなんだって安心するわよねー」

ジルはふと、その言葉にフォークを止めた。

(年齢相応?)

ジル・サーヴェル、現在十一歳。

しかし中身は十六歳、いやもう十七歳か——それくらいの、年頃の乙女のはずだ。

なのに、十一歳に見えるとはどういうことか。

(まさかわたし……この体に引きずられて子どもっぽくなってるのか!?)

「ジル。クリームがついてるよ」

愕然とするジルの口元を、ハディスが丁寧にふいてくれた。


お茶に誘おうと応接室を覗いたら、珍しい光景があった。

「……ジル。どうしたの、刺繍なんてして」

「大人の嗜みです、陛下」

きりっとしたジルに、ハディスはまばたく。ラーヴェが胸の内からこっそり尋ねた。

(どうしたんだよ、嬢ちゃん。刺繍とか大嫌いじゃなかったか?)

(いや、あれ刺繍じゃないかも。何かの魔術かも)

（お前それ絶対嬢ちゃんに言うなよ。あれは花だろ、多分）

（え？　牛じゃないのか？）

（牛は普通、刺繍の柄にしねえだろ。いや嬢ちゃんならやるか？）

ひそひそと胸の内だけで竜神としゃべっていてもしかたがない。

「ええっと……そ、そうだ。今日のおやつを用意したんだけど、どう？」

ジルの心を解きほぐすには、まず食べ物だ。だが刺繍の手を止めたジルに、にらまれた。

「そういうのやめていただけますか、陛下。わたしは、おやつなんて用意してもらう年齢じゃないんです！」

ぽかんとしたハディスに、ジルがまくしたてる。

「そもそも陛下のおやつが、料理が悪いんだと思います！」

「あ、うん、ごめん……？　でも、何が？」

「おいしくって子どもっぽくなっちゃうんです!!」

なんのことやらさっぱり意味がわからない。だがジルは真剣だ。

「だからわたしは、陛下のおやつ断ちをして昔の自分を取り戻すんです……！」

「む、昔の君……って、どんなのだったの？　おやつを食べなかったの？」

「まさか。きちんと三食おやつの時間をとってました」

「じゃあ今と何が違うの？」

真顔でジルが考えこんだあと、はっとかたわらにあるノートをハディスに突きつける。

「で、でもちゃんと大人の嗜みとして、詩だって書いたんです！　スフィア様から宿題をもらってましたし！　い、今の今まで忘れてましたけど……」

「へ、へえ。えらいね。逃げ回ってたのに……」

「そんな子どもっぽいことはもうしないんです！　ちゃんとコツだって教わりましたから。心に響いたこと、ハーモニーを大切にするんだって」

「……見せてもらっていい？」

ジルからノートを取りあげ、開く。ジルは胸を張った。

「はい。自信作です」

――豚肉とパイナップルのハーモニー

つまり、昨夜の晩ご飯だ。

「……っ！」

口をふさいだハディスの体の中から、たまりかねたラーヴェが転がり出る。

「ぎゃっはははははははははは!!」

「なっなんで笑うんですか⁉」

「ラ、ラーヴェ。失礼だろう。い、いい、詩じゃ、ないか……うん。お、おいしかったことが、よく、伝わるよ」

「陛下、涙目じゃないですか！　もういいです！」

ノートを奪い返されて、ぷいっと横を向かれてしまった。

ああしまった。でもそんな姿も可愛い。

「……大人ってむずかしいですね……」

まだゴロゴロ床で笑い転げているラーヴェを放って、ハディスは笑って答える。

「それはもう、大人なんて年齢を重ねただけの子どもだからね」

こちらを見るジルの目に、不信の色がありありと浮かんでいる。納得できないらしい。

「でも君には、大人になっても僕の料理をおいしいって食べててほしいな」

「……子どもっぽくないですか？」

「どうして？　食卓を明るくする女性って素敵じゃないか」

ジルがまばたきを繰り返して真面目に考えこむ。ひょいとハディスはジルを抱え上げた。

「それまで子どもでいてよ。いきなり大人になられたら、僕の心臓が止まる」

まじまじとハディスの顔を見たあとで、ジルは頰を赤らめ、唇を尖らせた。

「……陛下が、そう言うなら」

「じゃあ、おやつにしよう。シュークリームを焼いたから」

「三個食べていいですか⁉」

「だめ、二個」

　ぷっと頰を膨らませたジルがハディスの首に抱きつく。

「陛下のケチ」

「大きいの作ったから」

「ならいいですよ。……陛下のために、子どもでいてあげます」

「いいね、大人っぽくて」

「どういう意味ですか？」

　怪訝そうな顔で見返すジルはいくつになっても、そういう手練手管には疎そうだ。

　だからハディスはそっとささやく。

「大人になったら教えてあげる」

　唇ではなく、林檎のように熟れた頰に口づけをひとつ。

　まだ豚肉とパイナップルのハーモニーに笑っている竜神は放置して、ハディスはお茶とお菓子を用意すべく、愛しいお嫁さんをテーブルへと運んだ。

光の兄

天気のいい日の日向で寝ていたくなるのは、世の理である。

お前は仕事せずに気楽でいいな駄目神などと叫んで器のハディスは執務に、そのハディスの可愛いお嫁さんは騎士ふたりと裏庭で訓練に励んでいる。

ハディスがジルと寝起きしている宮殿のテラスから、春の優しい風が吹きこんでくる。ソファもほどよく日差しが当たる、最高の昼寝場所だ。竜神だってごろごろするのも許される、そんな気候である。

「あー平和っていいなー……」

「ハディスどこへ逃げた――――！」

一瞬で砕け散った平和に、ラーヴェは上半身を起こす。

飛びこんできたのは、最近ハディスが「兄上」と呼ぶようになったラーヴェ皇族のひとりだった。本当は違うのかもしれないが、ラーヴェが許可すれば皇族だ。それをいちはやく理解し襟を正した人物でもある。

リステアード・テオス・ラーヴェ。

「ハディス、いないのか！　隠れてるわけじゃないだろうな⁉」

ずかずか遠慮なく皇帝の寝室まで入って、わざわざシーツまでめくって確認するリステアードは、決して礼儀知らずではない。『兄弟だから』それをちゃんとハディスに示そうとしているのだ。それは別に、リステアードだけではないのだが。

（こっちが光の兄なら、あっちは闇の兄だからなー……）

どっちがハディスにとっていいのだか、ラーヴェにはわからない。

ただ、ラーヴェはリステアードが嫌いではない。こうであれ、という皇族の理想を体現したような人物。後ろ暗いところの多いハディスはまぶしくて嫌がっているが、こういう人物は必要だ。

「……いないか。まったくどこへ逃げたんだ……」

「あーあの馬鹿、まぁた逃げたのか。ごめんなー」

「いくら誰も話を聞かないからといって、僕にまかせっぱなしはどうなんだ！」

「お前に呼ばれて会議に顔を出すだけ進歩してるってー」

聞こえないとわかっていて、話しかける。ふよふよ浮いてリステアードの周りを飛んでみたが、やはり見えていない。が、踵を返そうとしたところでふと止まった。

「どうした、何見てんだ？　──ああ、ハディスぐま？」

寝台脇に飾ってあるくまのぬいぐるみを、リステアードが手に取った。ものすごく眉間にしわをよせてじっと見ている。

「何をどうしたらこれがあんな殺戮兵器になるんだ……」

「竜神の血で魔術を縫いこんであるからなー」

「そもそも、こんなものをあの少女に贈ることからしておかしい」

「うーん。それはどうかなー？　嬢ちゃんも大概だからさあ。たまにハディスぐまと組み手して、改善点とかさがしてるし」

気づかれないのをいいことにリステアードの肩に脚をおろしてみる。

「本当にあの馬鹿は……肩が重く感じる。まさかこれが肩こりか」

「それは俺のせいかもな。ま、ハディスのせいってことでいいけど」

「しかも手縫いだと？　…………」

リステアードがハディスぐまのマントをつまんで、まじまじと見つめている。

「コケッ」

どこからか姿を現した鶏が、リステアードの足元から注意を促すように鳴いた。この鶏も竜帝から竜妃への贈り物だ。名前はソテー。一品料理になる運命をはねのけ、軍鶏として成鳥している。

ソテーはハディスぐまを部下だと思っているらしく、目の届く範囲にいることが多い。

「い、いや違う。盗もうとしたわけではない。……妹のフリーダがぬいぐるみ好きでな」

　リステアードが気まずげにハディスぐまを持ったまま言い訳を始める。

「ハディスなら……と一瞬思ったんだが……やめておこう。何を作るかわからない」

　正しい判断だ。

「……何か、きっかけがあればいいだけなんだが」

　リステアードの言葉にラーヴェはちょっとまばたく。

「お前、ハディスと自分の妹の仲、取り持つ気なの？」

「しかしな……初見があれというのが……」

「あー……」

　初対面。必死に命乞いをする父親と、それを足元に見おろす見知らぬ異母兄の構図だ。しかも最後のほう、ハディスはちょっとキレた。どちらに理があろうとも、実の父親を廃して笑った異母兄の姿を、幼い少女が怖がったとしてもしかたない。

　ラーヴェもリステアードと一緒に天井を見あげる。

「無理だろあれは――……ああいうことが今後もないとは言い切れないし」

「いや、無理じゃない。ハディスは甘えただが、きっといい兄になれるはずだ」

　びっくりしてラーヴェはリステアードの横顔を見る。

　リステアードはもちろん、こちらを見ていなかった。ハディスぐまを見ている。

「甘えただった弟の僕が、今、兄をやっているように」

ラーヴェは理の神だ。

だから理屈にあわない希望的観測など解さない。けれど。

「……だと、いいな」

「ラーヴェ、いるか？　リステアード兄上はまだきてな――」

開きっぱなしの扉から顔をのぞかせたハディスが、中を見るなり固まった。

素早く振り返ったリステアードが勝ち誇って笑う。

「見つけたぞハディス……!!」

「しつこいリステアード兄上！　そんなに暇なら仕事すればいいのに」

「お前が言うな!!　おい待てハディ――あ」

あとずさりするハディスを追いかけるために、慌ててハディスぐまを戻そうとしたせいだろう。リステアードの手から落ちたハディスぐまが花瓶にあたり、棚の角に頭をぶつけて床に転がった。

「……」

「……」

痙攣したようにハディスぐまの可愛い腕が動く。

ハディスがそれを真顔で見おろし、リステアードが震える足であとずさった。

「う、動くのかまさか、今の衝撃で!?」

「動くよ。今、ためしで攻撃判定の感知能力あげてて」

「どうしてそんな真似をした、すぐにさげろ!!」

「リステアード兄上、動かないで。じっとしてれば攻撃されない」

ハディスぐまは視界内で動くものを、動きが止まるまで殴りつける殺戮兵器だ。だからハディスの忠告は正しい。だがしかし。

「じゃあ、あとは頑張ってね！」

「この状況で逃げるかお前――!!」

「僕の兄上なら生き延びられるよ！」

竜帝の兄は大変だ。

ソテーはとっくに身を隠している。ハディスぐまが起き上がり、その両眼を光らせた。青ざめるリステアードにラーヴェは聞こえない祝福を送る。

「頑張れよ、あの馬鹿の兄だろ」

きっと理にも適う。そう、願いをこめて。

ラーデアのパン屋さん

近所のパン屋のおばあさんの素朴な小麦パンを、三日に一度、買い出しの最後に買う。

それはユウナのいつもの日常であり、ひとりきりのおばあさんが元気か確かめにいく、ご近所付き合いの一環でもあった。

（閉まってないといいけど）

おばあさんのパン屋さんは朝早いが、閉まるのも早い。今日は他の用事に時間をとられて予定より遅くなってしまったので、路地裏に回る。最近、大通りにひとが増えたので、路地裏のほうが近道になるのだ。

狭い角をまがると、おばあさんのパン屋さんが見えてきた。まだ開いている。リボンでひとつくくりにした髪をゆらし急ぎ足で近づいたユウナは、カウンターから声をかけた。

「おばあさん、ユウナです」

昔ながらのパン屋さんはショーウィンドウがあるようなお洒落な形ではなく、対面式のカウンターで販売するだけだ。硝子ケースの中に並んだパンを取ってもらう形になるので、残っているパンを確認しようとケースを見て驚いた。

ほとんど残っていないのは想定内だが、残っているものがいつもと違う。卵をはさんだおいしそうな惣菜パンや、さくさくした生地を使ったクロワッサン、見目も果物や柔らかそうなクリームに彩られて、形もとてもしゃれている。

（え、何これ。いちごのジャムパン？　こんなの売ってたっけ）

「いらっしゃいませ」

男のひとの声がして、ユウナは思わず姿勢を正した。

カウンターの向こうから顔を出したのは、見知らぬ青年だった。つやつやの黒髪をちゃんと三角巾にしまって、清潔なエプロンをつけている。ユウナを見た金色の瞳が少しおっかなく思えたが、にこっと安心させるように笑ってくれた。

優しそうなひとだ。

だが、思わず息を止めてしまうくらいの美形だった。

「どれにしましょうか？」

「はぇっ？」

心地いい声に尋ねられて、声がひっくり返った。慌ててぱっと口をふさぐと、カウンターの向こうで目をぱちぱちさせたあと、青年がくすりと笑う。

「びっくりさせたかな。ごめんね」

優しく謝られて、慌てて首を横に振る。それから、じわじわ恥ずかしさだとかで頬が熱くなりだした。

「今日から住みこみで働かせてもらってるんだ」

「そ、そう、ですか……す、すみません、何か」

「大丈夫、今日は朝からみんなからびっくりされてるから」

いつもなごやかにおばあさんが出迎えてくれるところに、突然若い男性が現れたらみんなびっくりするだろう。しかもこの美貌。くる場所を間違えたのかと思うに違いない。

だがエプロンをつけた青年は、トングを持ってもう一度尋ねる。

「それで、何にしようか？」

ここはパン屋なのだ。それを思い出した。

「あ、ええと……小麦の、パンを、みっつ。いちばん、安いので……」

なぜか恥ずかしくなって語尾がすぼむ。だが青年は身をかがめてパンを取って笑った。

「おいしいよね、おばあさんのこのパン。僕も好き」

「……えっ」

こんな、別世界からやってきた王子様みたいなひとが、あんな素朴なパンを？

まじまじ見るユウナに気を悪くした様子はなく、青年はパンを紙袋に入れてくれた。

「こういうのって年齢なのかなー。僕にはこの味はまだ作れないよ」

「……パ、パンの、見習い職人の方、なんですか」

「うん、そう」

王子様だと言われたほうが納得できる青年が首肯し、商品を渡してくれた。急いでユウナは代金分の硬貨を差し出す。

「そうだ、おばあさんは元気だから大丈夫だよ」

「えっ」

「これも朝からみんなに聞かれるんだ」

苦笑い気味の青年に、ユウナは相づちを返す。確かにこのパン屋に訪れる客は、日々のパンを求めてくる一方で、おばあさんの様子を見にきている節がある。

「もし会いたいなら、明日はおばあさんが店番だよ」

「あ、あなたは明日、お休みなの？」

まだ緊張するが、あまりに青年が気安いものだから意外と普通に切り出せた。

「ううん。僕は明日、街中に行商しにいこうと思ってるんだ。だからおばあさんに店番をお願いする予定」

「でも、おばあさんはもうそんなに量を作れないでしょう？　あなたがひとりで、行商分まで全部作るの？」

「うん。手伝ってもらいつつだけど……おばあさん、腰痛があるんだよね。あんまり無理してほしくなくて。今も休んでもらってる。今日もいつものパン以外は僕が作ったんだよ。よかったよー売れてくれて」

心底ほっとしたような言い方に、つい笑みがこぼれてしまう。

「ここのパン屋さん、今でこそ縮小営業だけど、昔は大繁盛だったんだって。私も子どもの頃からもう十年くらいお世話になってる。みんなの舌が肥えてるから、見習いは大変かも」

「ああ、うん。おばあさんのパン、おいしいからわかるな」

「頑張って。何か困ったことがあれば言ってね。私、何度かお店、手伝ったことあるから」

そう言うと、青年はにっこりと笑った。

「ありがとう。ここはいい街だね」

言い方からして、余所からきたのだろう。ラーデアは初めてに違いない。

どうしてここにきたの、などと聞ける仲ではない。少し考えてユウナは答えた。

「そうでしょう。今日からあなたの街よ」

きょとんとしたあとで、青年はつぶやく。

「そうか、僕の街か……」

「あなた、名前は？」

「ハディス」

どこかで聞いた名前だなと思った。逆に言うならどこにでもありそうな名前だ。

頷き返してからユウナは気づく。まだ名乗っていなかった。

「あ、私の名前は」

「ユウナさん」

先に答えられてびっくりしていると、ハディスと名乗った青年は笑った。

「さっきそう挨拶してくれたよ」

「そ、……そうだった？」

「おまけつけといたから、よかったら食べて、感想聞かせて」

またね。

そう手を振られたユウナは、慌てて後ずさりして胸にパンを抱き、家に急ぎ足で向かう。

一息つけたのは、家についてからだった。

「……びっくりした」

食卓に、知らず抱きしめていた紙袋を置く。中を見ると、頼んでいないパンがあった。

きっとこれがおまけだろう。

「……」

家族が帰ってきてからだと、気まずい気がする。思い切って取り出し、食べてみた。

そしてまた驚く。

「おいしい……」

柔らかいパンの生地の中から、少し甘酸っぱいいちごのジャムが染み出てくる。

きっと遠からずあの青年は、色んな意味で有名になるだろう。そう思った。

ユウナの予想どおり、翌日街へ行商に出たハディスは、それだけで一躍ラーデアの有名人になっていた。

ものすごい美形がものすごくおいしいパンを売っているのだ。女性客が殺到し、いきなりおばあさんのパン屋さんは連日にぎやかになっていた。

ユウナに売り子のお願いがきたのは、そのすぐあとのことだ。

「ハディスちゃんがねえ、お城にお呼ばれすることになってねえ」

昼すぎに完売してしまい、店じまいをしていたおばあさんを手伝っていると、そんなふうに切り出された。

「お城？　ってことは軍にってこと？」

「そう。ぜひ、パンを運んでくれって頼まれたらしいよ」

名誉なことなのだろうが、ちょっとユウナは不安になる。

最近のラーデアは騒がしい。偽帝騒乱と呼ばれる反乱を領主であるゲオルグ大公が起こしたのが、ほんの少し前。続けて、十一歳の女の子が次の大公になりそうだとか、色々と難しい話が飛び交っている。そのうえ、ひとがふえた。クレイトス軍が竜妃の神器を狙って攻めてくるとかで、帝国軍がやってきたからだ。

「大丈夫なの？　その……売るパンがなくなったりしない？」

「ハディスちゃんがね、新しい職人さんをふたり雇ってくれて、レシピも用意してくれたんだよ。あの子は本当に賢くて優しいからねえ。それで、売り子も頼んだほうがいいって言われてねえ。ユウナちゃんはどうかって」

「え？　私？」

「うん、よかったらお願いできないかな。ちゃんとお給料も払うよ」

ひょっこり店の奥から顔を出したハディスがそう言った。ずば抜けた美貌はそうそう見慣れるものではなくて、いちいち息を呑んでしまう。

「たぶん、僕は軍のほうにかかりきりになると思うんだ。職人さんは今日入ってもらったばっかりで、まだ馴染んでないし……でもユウナさんなら、おばあさんも安心でしょ。今だって手伝ってくれてるし」

「こ、これは……なんというか、癖というか」

「うん、だからユウナさんにならまかせられると思うんだ」

なんだか恥ずかしくなってきてしまう。だが、大事な話だ。今このおばあさんのパン屋さんの繁盛振りは、傍から見ていてもすさまじい。

「わ……私でいいなら」

そう答えると、ハディスがふわっと笑った。

「よかった。ありがとう。これで安心してお城に行けるよ」

「あの……気をつけてね」

ハディスは不思議そうな顔をした。

「お城だよ。いちばん警備が厳しくて安全なんだって思わない？」

「うん……そうなんだけど、関わらないですむなら一番いいから。戦争なんて」

父親などは政治が戦争がと酒場で軍人たちと酌み交わして盛り上がっているが、ユウナや母親は目の前の生活のほうが心配だ。一時期は食料や生活必需品の物価が高騰し始めて、品切れも起こった。パンがなくなったと思ったら、その三日後に値段が二倍になって並んだときの衝撃は忘れられない。

（いつまたそんなふうになるかわからないのに、戦争だとかなんだとか、やだなあ）

ただ、南に隣接しているレールザッツ公爵様の支援で、以前よりは食料問題は供給も値段も落ち着いた。同時期にサウス将軍たちがやってきて、今度は人手不足だ。増えた需要に供給を追いつかせようというわけである。

おかげで今、ラーデアは景気がいいらしい。確かに人通りも増えたし、兵が増えたので治安もよくなった。派遣されてきたサウス将軍はいいひとだとユウナも思っている。

でも、これが戦争の準備だと言われると、やはり手放しでは喜べない。

どこかで日常が非日常に変わりそうな、あやういところに自分たちは立っている。だから身近だったパン屋のおばあさんに忍び寄る非日常らしきものを、警戒してしまうのだ。臆病と言われたらそれまでだけれど。

「そっか。そうだよね」

ハディスは笑わずに頷き返した。戦争特需だ、今こそ正しい政治をなんて血気盛んなひとたちとは違うらしいと、ユウナは少しだけほっとする。

「心配しすぎかもしれないけど」

「ううん。ありがとう、気をつけるよ」

「そうだよ、ハディスちゃん。何かあったら泣くのは奥さんだからね、気をつけなさい」

おばあさんの忠告にぎょっとして、ユウナは神妙に頷くハディスを凝視した。

「け、結婚してるんだ、ハディスさん……」

質問に、ハディスはわかりやすくはにかんだ。

「う、うん。で、でも正式にはまだなんだ！　しゅ、周囲に色々、反対されてて……」

「え。じゃ、ラーデアはまさか、落ち合い先……とか……？」

「そ、そんな感じかな？」

駆け落ちではないか。びっくりすると同時に、なんだかどきどきしてしまう。

「だから、対外的には婚約者止まりなんだけど、で、でも、もう気持ち的に僕は妻帯者っていうか……へ、変かな？」

せわしなくまばたきしたハディスは、頬を染めてもじもじしている。ユウナは急いで首を横に振った。

「ううん。素敵だと思う」

駆け落ちなんて物語みたいでまるで現実感がないが、ハディスがそわそわしている姿はとても微笑ましい。そして同時に興味がわく。

こんな美形があからさまに『恋をしてます』というような顔をするのだ。どんなお相手なのだろう。とんでもない美人だろうか。それとも可愛いのか。

「あ！　ひょっとして、奥さんはあとからラーデアに引っ越してくる予定なの？」

「えっ……う、うん。今、追いかけてきてくれてると思う」

「そっかあ。じゃあ、奥さんをここで待ってるんだね」

素敵だ。本人たちは大変だろうが、そう思ってしまう。

だが不思議なことに、ハディスに対してあった『このひとは自分たちと違う』という線引きが薄くなった気がした。

（普通の男のひとに見える）

はーっと息を吐き出したユウナは、ぐっと拳を握る。

「じゃあ、パン屋の実績をしっかり作らなきゃだね！　お城の話はそのための修業なんだ」

きょとんとハディスに見返されてしまい、早とちりかと、ユウナは焦(あせ)る。

「ご、ごめんなさい。違った？　パン屋じゃない、違うお仕事をする予定なのかな」

「……ううん、間違ってはいないよ。そうだよね。夫婦(ふうふ)でパン屋さんかあ、いいな」

「きっとそうなるよ」

どこか遠い目をするハディスは、奥さんを待っている。きっと駆け落ちがうまくいくか、不安なのだろう。ユウナは気合いを入れ直す。

「せっかく繁盛してるんだから、結婚式の資金もためちゃおう！」

「け、結婚式……!?　ま、まだ早いんじゃないかな」

「急がなくてもいいけど、落ち着いたら簡単でもいいから絶対やったほうがいいよ。奥さん、喜ぶと思う」

ハディスは何度もこくこくと頷(うなず)き返した。真剣(しんけん)で妙(みょう)に可愛い動作だ。

「頑張(がんば)ろうね。私も頑張ってハディスさんのパン、売るから！」

「うん、ありがとう」

「奥さん、紹介(しょうかい)してね」

「もちろん、つれてくるよ。びっくりするかもしれないけど」

ふふっとハディスが意味ありげに笑う。

それはどこか謎(なぞ)めいた仕草で、やっぱりただ者じゃない気がした。

――そしてユウナの勘は、ほんの数日後に証明されることになる。

「おばあさん、大丈夫!?」

「だ、大丈夫だよ、ユウナちゃん。あっちに逃げなさいって、兵隊さんが」

持てるだけの荷物を持って、誘導にしたがい、おばあさんと家族と一緒に街を出る。そこにハディスの姿はない。パン屋と呼ばれながら、彼は戦乱に呑まれたラーデアで軍を率い、先頭に立ったのだ。

パンを焼いていたときのように、当たり前の顔をして、戦場へ向かった。

「ハディスちゃんは、大丈夫かね……」

「大丈夫だよ、きっと」

「皇帝陛下だったなんてねえ……」

ぐっとユウナは唇を噛む。ついさっき、街を出るときに教えられた。

パン屋と呼ばれる彼の、正体を。

ふたりで持ち出したハディスの荷物を抱いて、おばあさんがつぶやく。

「あんなに幸せそうにパンを焼くのに」

その言葉の続きは、嘆きか、慈しみか。

わかるようなわからないような気持ちで、ユウナは夜明け前の空をあおぐ。

あちこちから煙があがる街に、黄金の魔力の矢が降り注ぐ。銀に輝く剣が翔る。

戦争が綺麗に見えることもあるのだな、などと他人事みたいに思った。


「パン屋さんに挨拶に行こうと思ってるんだ」

やっと回復して起き上がれるようになった途端、ハディスがそう言った。

寝台脇に座っていたジルは、ベッドで上半身を起こしているハディスに振り向く。

「陛下がラーデアで雇ってもらったっていう、パン屋のおばあさんにですか？」

「うん。おばあさんだけじゃなく、近所のひとやお店のひとにもちゃんとご挨拶したい。避難だなんだってばたばたして、ろくにお礼も言えてないんだ。お世話になったのに」

ふむ、とジルは思案する。

「それはちゃんとご挨拶しないといけないですね。でもまだ駄目ですよ、陛下。昨日、熱がさがったばっかりで──あ」

目を離していたせいで、リンゴに果物ナイフがざっくり刺さった。

「せ、せっかく出だしの調子はよかったのに……！」

ハディスの看病に剝こうとしていたリンゴだ。簡単にいくとは思っていなかったが溜め息が出てしまう。ベッドからハディスが身を乗り出した。

「お願いジル、かわって。見てる僕が怖い」

「駄目です！　わたしが皮を剝きます！」

「でも皮じゃなくて実を剝いてるから」

「じゃあ皮を食べてればいいじゃないですか、陛下は！」

途中でざくっと切れたりした今までの戦績を皿の上にのせ、突き出してやる。ハディスが皮のついたリンゴを持って、肩を落とした。

「皮を剝こうとして、どうやったらこうなるの？」

「陛下。わたし、人体さばくのならうまくできると思いますよ……？　どこを刺せば内臓を傷つけないかとか」

「なら今度、魚のさばき方からやってみようか。はい、あーん」

ついつい素直に口をあけてしまうのが、ジルの最近の癖である。

（うーん、よくないなあ）

しゃりしゃりリンゴを食べていると、ハディスが口を開いた。そこにできるだけ皮のついていないリンゴを差し出してやる。ジルの指から上手にリンゴをかじったハディスに、ジルはむくれた。

「ほら、ちゃんと食べられるじゃないですか」

「そりゃお嫁さんが用意してくれたんだから、おいしいリンゴに決まってる」

「味は変わりませんよ」

「変わるよ？」

ちょっと下から顔を覗きこまれてひるんだ。これは戦うと負けるやつだ。一刻も早い戦略的撤退が必要である。

そこへ助け船のように、背後からリンゴの皿に誰かの手が伸びてきた。

「相変わらず仲良しだな、ジルとハディスは」

「エリンツィア殿下！　リステアード殿下も、休憩ですか」

リンゴを食べているエリンツィアにしかめっ面をしながら、リステアードが嘆息する。

「行儀が悪いですよ、姉上」

「いいじゃないか、山盛りになっているし。お前も食べろ」

「結構です。ハディス、起き上がっていて平気なのか」

「リステアード兄上、ちょうどよかった。僕、丸一日か二日くらい外に出たいんだけど。あ、警備なしでね！」

「駄目に決まってるだろう」

なんのためらいもなく、リステアードが却下した。ハディスが目を細める。

「けち」

「何がけちだ！　こっちは休ませてやろうと調整してるんだぞ。帝都に帰るまでに諸々の後任を決めて、何より今のうちにジル嬢をラーデア大公に就任させておかないと」

「えっわたしですか？　いいんですか、十一歳の大公とか……」

　ついでに言うなら、政務能力はさっぱりだ。リステアードが腰に手を当てた。

「心配するな。君もハディスもラーデアを自ら救いに来た英雄、しかも三百年ぶりに現れた竜妃だ。今なら歓迎されこそすれ、反発はない。実務的なことは、補佐官を含む後任をきちんと選べばいい。代官はちゃんとラーデアに詳しい者を選ぶ、まかせたまえ」

「は、はい。リステアード殿下がそう言うなら」

「外に出る用事なら、私が代行してもいいぞハディス。復興作業で私は外回りだから」

　気軽に申し出たエリンツィアに、リステアードが青筋を浮かべる。

「姉上はほいほい外に出すぎです……サウスにすべてまかせて、竜騎士団の稽古をつけてると聞きましたが？」

「うん？　サウスのほうがこちらに詳しいし、今、瓦礫撤去だの主力で働いているのは彼の配下だ。そのほうが効率がいいだろう」

「そうかもしれませんが！」

「それに、お前とヴィッセルがいれば私がすることなどないし」

「それもそうかもしれませんが！」

「ならなんだ。自分の竜騎士団に私が稽古をつけるのが嫌ならそう言え」

図星だったのだろう。頰を引きつらせたリステアードが、唸るように反論する。

「いいえ、おかげさまで勉強させていただいてますよ……！」

「ジル、何かあったの？　あのふたり」

「……魔術障壁を破るときに互いの竜騎士団の練度の差が出たとか、聞きました」

ああ、とハディスが納得したように目を細める。

「ノイトラール竜騎士団はちょっとおかしいからね……」

「おかしいってなんだ、失礼な」

「誰もいないと思ったら、全員ここか」

出入り口から声がもうひとつ、割って入ってきた。ぱっとわかりやすくハディスが顔を輝かせる。

「兄上！」

ヴィッセルだ。むっとジルは唇をすぼめて、ハディスの腕にくっつく。リステアードは鼻を鳴らしてそっぽを向いた。ヴィッセルはちらと一瞥はくれたものの、あくまでハディスに笑顔で話しかけた。

「ハディス。起きていて大丈夫なのかな？　無理は駄目だよ」

「平気だよ。あのね、兄上。僕、外に出たいんだ」

「外に？　何か用事があるのかな？」

リステアードのように一刀両断にはせず、ヴィッセルがうながす。ヴィッセルはハディスに対してだけは気味が悪いくらいに優しい。最近、間近でそれを見る機会が増えて、ハディスがヴィッセルになつく理由がよくよくわかった。

(甘やかしてくれるからだ)

それはもう、ハディスの言うことに間違いなどないとすべてを肯定する勢いである。

「お世話になったパン屋さんに挨拶したくて」

「なるほど。それは大事だね」

「それにお礼もかねて、もう一度、パン屋さんの手伝いをしたいんだ。僕の荷物も置いたままだし、できれば一泊、最低でも丸一日、自由な時間がほしい。駄目かな？」

「皇帝がそんなことできるわけないだろう！」

「ってリステアード兄上は言うけど、ヴィッセル兄上ならいいって言ってくれるよね？」

「おまっ……」

しかし、ハディスも大概、甘え方があざとい。血管をこめかみに浮き上がらせたリステアードを、どうどうとエリンツィアがなだめていた。

ずっと笑顔でハディスとやり取りをしていたヴィッセルが思案ののち、頷く。

「わかった。いいよ。それだけお前が元気になったってことだしね」

「ほんと⁉　ありがとう、兄上」

「ただし今から私が言う仕事を全部終えてからね。元気になったんだからね」

しん、と静寂が落ちた。

ちょっと首をすくめたハディスが、そろそろと笑顔の兄を見あげる。

「えっと……仕事って……」

「仕事だよ。お前は皇帝だからね」

「ど……どれくらい……？」

「お前は賢い子だから、聞かなくったってわかるだろう」

「……」

「頑張ろうね、ハディス。あとでここに持ってこさせるよ」

ただ、ヴィッセルは一方的に甘いわけではない、ということもわかり始めていた。要は飴と鞭の使い分けがすさまじいのだ。

いけすかない小舅だが、ハディスのこういう扱いに関しては、ほめてやってもいい。

笑顔でハディスの甘えを封殺したヴィッセルは、さめた目でリステアードとエリンツィアを見る。

「いちいちハディスのわがままにつきあってないで、リステアード様もエリンツィア様も仕事をしてください」

「……一応、病み上がりだ。その、無理はさせるなよ」

しかめっ面で念押しするリステアードに、ハディスが喜色を浮かべる。だがその頭をすかさずがしっとヴィッセルに押さえこまれていた。

「心配なさらずともハディスの限界はわきまえてますよ、リステアード様」

「限界って何⁉　リステアード兄上、もっとヴィッセル兄上に言って！」

「ハディス、お前はできる子だよ」

「そう言ってヴィッセル兄上は僕にものすごくたくさん仕事させる！」

「あ、あー、ヴィッセル。ちょっといいか。リステアードも」

遠慮がちに手を挙げた姉に、三すくみになっていた兄弟が目を向けた。

こほんと咳払いをして、エリンツィアが言う。

「そろそろ、私とリステアードに対する様付けはやめないか」

「ご冗談を」

即座に吐き捨てたヴィッセルに、リステアードもむっと表情を変えた。エリンツィアが眉をさげる。

「そうか……やっぱりその、抵抗があるか」

「当然でしょう。私はあなた方を全面的に信頼したわけじゃない」

「お前、まだそんなことを……！」

「リステアード」

静かにエリンツィアに制されて、リステアードが不承不承という顔で黙る。ハディスはジルと一緒に静かにそれを見ているだけだ。

エリンツィアが、深呼吸をした。

「お前の気持ちはわかる……と言われるのは、嫌だろうな」

「そういうところの察しはよいですね、エリンツィア様は」

「……今更だと思われるだろうが、私は反省しているんだ。争い事を忌避するあまり、お前やハディスを積極的に助けようとしなかったこと。リステアードや他のきょうだいとの溝を取り除こうとしなかったことも含めて。お前もハディスも優しい子なのにな」

「あなたにかかれば、ほとんどの人間が善人になるでしょうね」

肩をすくめたヴィッセルの前で、エリンツィアがゆっくりと自分の手に目を落とした。

「ナターリエに言われた。いちばん上なんだから、と。……確かにそうなんだ。今、ラーヴェ皇族として残っているきょうだいの中で、私が最年長になってしまった」

「なんですか。まさかハディスのせいだとでも」

「違う、そうじゃないんだ。だからその……――鉄拳制裁が必要だと」

一拍、見事に間があいた。

限界まで眉根をよせて、ヴィッセルが聞き返す。

「――は？」

「ナターリエから、喧嘩するようなら殴って止めろと言われた」

「誰を」

「お前たちを」

ヴィッセル、リステアード、ハディスとそれぞれしっかり目線を合わせて、エリンツィアが拳を握る。

「ということで、ヴィッセルは今後、私たちに様付けをするたび、一発殴る！」

「何が、ということで、なんですか姉上⁉」

「大丈夫だ、リステアードもヴィッセルに兄上をつけないようなら殴る！　どうだこれで平等だろう！」

口をあけたままリステアードが言葉を失う。ああ、とエリンツィアが手を叩いた。

「もちろん、ナターリエとフリーダにもヴィッセルを兄上と呼ぶよう私が徹底させる。ただ、ナターリエもフリーダもあの体格だ。拳じゃなく、でこぴんくらいで許してやってほしい」

頭痛をこらえるように眉間に指をあてて、ヴィッセルが肩を落とし、確認した。

「……つまり、なんですか。私がリステアード様、エリンツィア様、ナターリエ様、フリーダ様、今後そう呼べばあなたの拳が飛んでくると？」

「そういうことだな！」

「なぜそう自慢げなんです」

「それならお前、私たちを心置きなく呼び捨てにできるだろう？」

数度、ヴィッセルがまばたいた。エリンツィアが胸を張って笑う。

「私のことは姉上でいいよ」

「……」

ジルと並んでリンゴを食べながら話を聞いていたハディスが、やっと口を開いた。

「エリンツィア姉上に殴られたら痛いと思うよ、ヴィッセル兄上」

「ハディス。お前は私の味方じゃないのか？」

「だって僕に仕事させるし」

ハディスの回答に、ジルは少しだけ笑ってしまった。片眉を動かしたヴィッセルが、心底疲れたように嘆息する。

「……わかりました。いいですよ」

「そうか！　わかってくれるか！　これで解決だな！」

「姉上……僕は何ひとつ解決したように思えないんですが……無理強いはよくありません。ナターリエも一番やる気にさせると厄介な姉上に何を吹きこんで……」

「ですが私は無能なきょうだいはいらない主義です」

ぶつぶつ言っていたリステアードが、勢いよく振り向いた。

「僕が無能だとでも言うのか、お前！」

「リステアード」

ヴィッセルの呼びかけに、リステアードが見事に固まった。だがヴィッセルは涼しい顔で、すらすら話を続ける。

「ノイトラール公とレールザッツ公へ今回の顚末についての報告をしてこい。竜に乗れるお前が一番早い。竜妃のラーデア大公就任に余計な嘴を挟まれないよう、牽制しろ」

「……は……は？」

「ついでにフェアラート公のところへもお邪魔してくるといい。ああ、名目は私が婚約者の安否を気遣ったとでも言えばいい。大事なのは、私がお前をよこしたという事実だ。意味はわかるだろう？　無能じゃないなら」

挑むようにヴィッセルに笑われ、呆然としていたリステアードが我に返った。やや緊張した面持ちで、大きく頷く。

「と、当然だ！　……僕が、三公を牽制する」

「ああ。やり方はお前にまかせる。どこも問題なしと判断したら、ラーデアではなく帝都に戻れ。その頃には私やハディスも帝都に戻っているだろう」

「わ、わかった。細かい判断は、僕にまかせてもらうぞ」

「お前が適任だからね。いっておいで」

「わ、わかった」

「それと姉上」

自分で言い出しておいて、エリンツィアは驚いたようだった。自分の顔を自分で指さしている。ヴィッセルが嫌そうに口を動かした。

「あなたですよ。今すぐ帝都に帰ってください」

「は？　なぜだ」

「サウスに任せておけば、ここの現場は動きます。とっとと戻って、ナターリエとフリーダの身辺警護を固めてください。何も起こらないよう手は打ってきましたが、何分、敵が多いもので。特にリステアードが調整に飛び始めたら、何かしら勘繰る輩が出てくるでしょう」

戸惑っていたエリンツィアの顔が、たちまち真剣なものに変わった。

「わかった。今からぶっ続けで飛べば明日の早朝には帝都につく。まかせておけ」

「姉上、僕も行きます」

踵を返したエリンツィアにリステアードがついていく。

あっという間の采配だった。

ふうっとヴィッセルが肩の力を抜く。

「これでうるさいのがいなくなった」

むっとジルは目を細める。

「……お前、まさか追い払ったんじゃないだろうな」

「あとで仕事を持ってこさせるからね、ハディス」

「はーい」

呑気なハディスの返事に軽く手を振って、ヴィッセルも出ていく。

ふたりきりに戻った部屋で、ジルはハディスに尋ねた。

「いいんですか、陛下。あれで」

「すごいよねえ。ヴィッセル兄上が他人を使うんじゃなく、仕事をまかせるなんて」

きょとんとしたジルにハディスが嬉しそうに笑う。

「ヴィッセル兄上、そのうち過労死すると思ってた。意地っ張りだから」

「……そんな可愛いもんじゃないと思いますけど」

だが、進歩なのだろう。ジルは大きく口をあけて、リンゴをまるごとかじった。

竜帝が作ったパンとなると、御利益を期待されるのは当然の流れだ。
ラーデアの復興が始まって十日ほど、再開したおばあさんのパン屋さんは、変わらず繁盛し

ていた。おばあさんは「戦争が終わったら店をたたむつもりだったんだけど、どうしようねえ」と言っている。

（続いてほしいな。……おばあさんが大変なのはわかるけど）

雇ったパン職人のひとりは、パン屋で開業を本気で目指している。だからそのひとに継いでもらうのはどうだろう――という話になっているが、まだ決まっていない。

レシピを含め、今の店を整えたハディスの意見が聞けないままだと、どうにも決め手に欠けて、話が進まないのだ。

ハディスはどうしているのだろう。皇帝となるとこちらから気軽に会いにはいけない。

だが、軍のひともパンを変わらず買いにくるので、ハディスの様子について少しだけならユウナたちの耳にも入ってくる。

「パン屋、起き上がれるようになったらしいぞ」

街の人やハディスと一緒に戦った兵たちは、ハディスをパン屋と呼び続けている。癖になっているのだろう。それで咎められることもないらしい。

そんな情報を真っ先に得るのは、カウンターでひとり接客しているユウナだ。

「よかったー。おばあさん、喜びます。心配してたから」

「書類に囲まれてるって聞いた。皇帝様は大変だなあ」

冗談まじりに、どこか哀愁をこめて兵は笑う。変わらずパン屋と呼んでも、やはり見えない壁ができてしまったのかもしれない。きっと公では違う呼び方をするのだろう。

(それって寂しいなあ)

ハディスが書いたパンのレシピも、荷物も、そのまま残っているのに。

「俺らは下っ端だから、サウス将軍に伝えるのがせいぜいだ。そんでサウス将軍がヴィッセル殿下に伝えてって形になるかな」

復興で忙しいだろうに、あまり手間をかけさせたくない。

もう少し待とうか。そんなふうにおばあさんやみんなと話していたときだった。

見知らぬふたりの男性が、並んで店にやってきた。

「こんにちはー！　竜帝陛下のおつかいよー」

堂々と明るく挨拶をしてくれたのは、泣きぼくろが妙に色っぽい男性だ。もうひとり、体格のいい男性は難しい顔で周囲を見回している。

ぽかんとしたユウナは、慌ててカウンターから外へと出る。皇帝陛下の使いだ。

それを見て、泣きぼくろがあるほうが片手を振った。

「いいのよ、かしこまらないで。ごめんね、お仕事中に」

「は、はい。あの……皇帝陛下のおつかいって」

「そうそう。アタシたち、皇帝陛下の荷物を引き取りにきたの」

「えっ」

自分でも驚くくらい動揺して、そのまま声が出た。その声を聞いて、泣きぼくろのひとがまばたく。

視線がからみあって、変な間があいてしまった。

間に割って入ったのは、体格のいいほうのひとだ。

「陛下が世話になったパン屋だって聞いてきたんだが、ここであってんのか？　ばあさんがやってるって話だったが」

「え、ああ……ええと、合ってます。おばあさんは今、買い物に出てて……に、荷物って、ハディスさんのですよね？　あ、私は売り子です」

「ああうん、聞いてるわ。店主のおばあさんと、女の子の売り子と、パン職人がふたりいるはずって。みんな無事？　怪我とかしてない？」

「あ、はい」

「よかった。で、陛下の荷物ってまだある？　あ、心配しないで。なくなってても別にお咎めとかないから。陛下が荷物ここに置きっぱなしだって気にしてて」

「あ、あります……けど……」

おばあさんもいないのに、渡してしまってもいいのか。

（もう二度と会えないいんじゃないの？）

それはよくない気がする。ぎゅっと拳をにぎって、ユウナは顔をあげた。

このふたりは皇帝陛下の使者だ。ただの町娘なんてどうとでもできる。

そう思うと怖かったけれど、勇気を出した。

「あるのは、ハディスさんの荷物なので」

ふたりがそろってまばたく。

「勝手にお渡しするのは……ええと……すみません……おばあさんも、いないし」

うまく言えない。でもそうとしか言えなくてうつむいていると、泣きぼくろのひとがにこっと笑った。

「そうね、わかったわ。アタシたちが不躾だったわね」

「え……」

「言い訳させてもらうとね。陛下はちゃんと、自分がここにくるって言ってるのよ。お世話になったからご挨拶がしたいって」

顔をあげると、泣きぼくろのひとがおどけて笑う。

「でもねーほら、あれでも陛下、皇帝でしょ？　いつこられるかわからないし、先に荷物だけでも引き取ろうって気を利かせたつもりだったんだけど……ほら、皇帝陛下の荷物なんて大したものは入ってなくても、預かってるのも怖いかなあって。でもごめんなさいね、逆に気が利いてなかったわ」

「……確かに、世話になった先に臣下をよこして荷物を出せ、は失礼だな」

嘆息まじりに体格のいいひとがつぶやく。ユウナは慌てた。

「す、すみません！　こ、皇帝陛下が失礼だとか、そういうつもりじゃ……」

「いいのいいの。実はね、説明面倒だからってアタシたち陛下のおつかいって名乗っちゃったけど、実は違うし」

「え」

それは詐欺ではないか。驚いたユウナに、泣きぼくろのひとがお茶目に片眼をつぶる。

「あなたは賢いわよ。度胸もある。いい子ねえ。周囲のひとたちもみんないいひとたち」

遠巻きにだが、周囲にはこちらの様子をうかがっている近所の人々がいた。みんな顔なじみである。ぐるりと見回して、泣きぼくろのひとが笑った。

「そうじゃなきゃ、あの陛下は見向きもしないか」

「は、はあ……で、でも、じゃあハディスさんのお話は……？」

「ああ、嘘じゃあないわよ。アタシたち、正確には竜妃殿下のおつかいなの。竜妃の騎士ってやつね」

「え」

さらに驚いた。詐欺ではないのは安心したが。

「だから安心して。ちゃあんと陛下に言ってやるわよ、挨拶にこいって」

「そ、そんなつもりじゃないんですけど！」

「本人はその気だろう。すごく気にかけてたからな、ここのこと」

ふたりがずいぶん気安く話すことにユウナは気づいた。おそらくだが、ハディスに近いひとなのだ。

それに、ハディスのことをさん付けで呼んでも怒りもしない。

「……ハディスさんは元気ですか。寝込んでるって聞きましたけど」

おそるおそる尋ねると、泣きぼくろのひとが笑って頷く。

「元気よ。もう起き上がって、書類の山に埋もれてるわ。復興計画とかラーデア大公の就任とか、色々決めなきゃいけないことが多いらしくて。あとはね、やっぱりこの状況でしょ。こんなときに窃盗とかする不届きな輩がいるから、警備もね。見回りもしなきゃいけないから、とにかく人手が足りなくって」

混乱に紛れて盗みや追い剝ぎを働く者がいる、というのはユウナも耳にしている。

「俺らもその見回りをかねて、出てきてんだ。っつーわけで、なんか困ったことは？　なんでも言っとけ」

意外にも体格のいいひとが気にかけてくれた。ユウナは首を横に振る。

「こ、この周辺はあまり被害もなかったので、大丈夫です。炊き出しとかもいただきましたしよそ者は目立つので……家がなくなったひとは城のほうで仮住まいさせてもらえてるって聞きました。家も希望者にはまとめて住宅街を作るとか……わ、私はよくわかってないんですけど、おばあさんが、こんなに手厚い戦後処理は初めてだって」

「そりゃな。竜妃の領地で竜帝が直々に指揮してんだから、面子もかかってる」

「……竜妃殿下がラーデア大公に就任しても大丈夫じゃないかって、みんな言ってます」

竜妃の騎士だというなら、そのあたりも伝えておいたほうがいいだろう。目配せし合ったあとでふたりは笑った。

「ありがと、喜ぶわ」

「まぁあれだ。陛下は抜け出してでもくると思うから、そのときはよろしくな」

「ぬ、抜け出す!?」

仰天するユウナにからからと泣きぼくろのひとが笑う。

「気にしなくていいわよぉ、ちゃあんと回収しにくるから。それに、帝都からここにくるのだって陛下、独断だったしね」

「えっ」

「その辺の経緯、どう説明してたんだ、陛下は」

「お、奥さんがあとからくるって……駆け落ちみたいな話は、聞いてましたけど……」

ユウナの答えに体格のいいひとはしかめっ面で嘆息し、泣きぼくろのひとは腹を抱えて爆笑した。

「あっはははは！　何それウケる、ジルちゃんに告げ口しましょ」

「やめとけ、せっかくうまい具合におさまった隊長の怒りが再熱するぞ」

「それがいいんじゃないのー。あー面白い。貴重な情報ありがと、お嬢さん。じゃ、また何かあったら声かけて。アタシたち、街の見回りしてること多いから」

「は、はい……あ、あの！」

踵を返そうとしたふたりが足を止めた。

何がなんだかよくわからないがこれだけは言っておかねばならない。

「ハ、ハディスさんには、こちらにくるときはちゃんと、出てきてもいいときにきてくださいって伝えておいてください……！」

でないとこっちがどうなるかわからない。

青い顔で進言したユウナにまたも泣きぼくろのひとが腹を抱えて爆笑し、体格のいいひとは呆れ顔になったがしっかりと頷いてくれた。


「――ってことがあったのよジルちゃん。だから陛下の荷物は回収し損ねたわ」

訓練場で丸太に正拳突きを繰り返していたジルは、カミラの報告に深呼吸した。足元ではぺたんと地面に尻餅をついたローがあくびをしている。

「そうですか。確かに非礼でしたね。よかれと思ったんですけど……」

「結構うまくやってたみたいだな、陛下」

「パン屋も繁盛してたみたいだし、人気あったんでしょうね。陛下、生活力が高いもの」

ふうっと呼吸を整えて、カミラを見あげる。

「陛下がお世話になったおばあさんにはわたしもちゃんとご挨拶したいですし、陛下の仕事が一段落つくまで待ちましょう」

「あら陛下の言い訳、怒らなくていいの？」

「駆け落ちの件ですか？」

右の拳が丸太を折って吹き飛ばしていく。うぎゅっと声をあげてローが飛び起き、カミラとジークが頬を引きつらせた。

「陛下の中ではそうだったんでしょう。陛下の中では」

にっこり笑うジルに、カミラとジークとローが固まってひそひそし出す。

「おま、だからやめろっつっただろ……！」

「違うわよこれ、ずっと怒ってるんでしょジルちゃん。ローちゃんなんとかして」

「うぎゅ」

「ねぇ今、無理って言った？　陛下の心のくせに無理ってどういうことなのよ」

「ジル――そろそろ夕飯の時間だよ――！」

頭上から声が響いた。顔をあげると、ハディスが訓練場を囲む建物の窓から顔を出して手を振っている。

「わかりましたー！　もうちょっとしたら行きまーす！」

ちょっと遠いので、声を張り上げると、ハディスも声を張り上げた。

「早くね――！　僕、明日か明後日、出かけると思うし――！」

たった今、報告を受けたばかりの、件のパン屋さんへの訪問だろう。

ひいっと背後で部下たちが震え上がる。

「な、なんつータイミングで」

「ちょ、ちょっとあんた、陛下のところに行って忠告してきて！　ローちゃんも！」

「う、うぎゅ」

「わかりました、神器の威力を確かめてから行きます――――！」

「うっぎゅううううう！」

悲鳴をあげたローを抱いてジークが駆け出す。

ハディスはきょとんとしていたが、最後は手を振って顔を引っこめた。

「ほんと、困った陛下ですね。あんなふうに自分の外出予定を堂々と公言して」

「そ、そうね……」

「さてと」

すうっと深呼吸したジルは、左の手を前に出す。なぜかカミラが慌てだした。

「ま、待ってジルちゃん。まさかそれで陛下を今から殴っ――」

魔力をこめると、金の指輪の中にある赤と青の宝玉が金色の鞭に変化した。訓練場の端にある的をすべてなぎ払い、ジルはつぶやく。

もくもくと煙があがる中で、ふむと考えた。

「やっぱり左手に武器を出すほうが出現が早いな。右に出そうとすると一拍遅れる。それとも慣れか？」

「ジルちゃん、アタシとお話ししましょ!?」

「でも、鞭はなかなかいいな。お母様が愛用していた理由がわかる。縛りあげるのにも殴りつけるのにも吊るすのにも丁度いい……」

「ねえお願い、こっち向いて！」

「怒ってませんよ」

背後からカミラが泣きつくので、向き直った。カミラは口を閉ざしたが、眼差しがジルを疑っている。

本当だ。怒ってなんかいない。敵の奇襲を受けて先手をとられたのに、統率を失った軍をまとめ、ラーデアを救ったハディスに、あれ以上怒ることなんてできない。

（そうじゃなくて、わたしは）

自覚があるから、声がすぼむ。

「ちゃんとご挨拶しなきゃいけないと思ってます。おばあさんは、クレイトスと小競り合いがあった年代の方でしょう。できるだけ、印象良くしたいし……」

「ジルちゃん、それは……」

「それに、カミラが話したっていう……陛下の荷物を渡さなかったってひとは、きっと可愛い女の子ですよね」

「え？　あ……ああ……そうね。十六歳か、十七歳くらいの普通の子よ」

「陛下はもてるんですよ。妻ですから、よくわかってます」

むくれている顔を見られたくなかっただけだ。特にハディス本人と、ローには。

カミラはまばたいていたが、少しだけ真顔になった。

「……アタシの見立てだと、かっこいい近所の、憧れのお兄さん程度よ？　そういうんじゃないわ、あれは」

「でも、あと半月もわたしが遅れてたら、どうなってたかわかりません」

「陛下は駆け落ちだって周囲に説明してたのよ？　結婚してるの隠さなかったって」

「でも、それとこれとは別じゃないですか」

黙ってカミラが、ジルと目線の高さを合わせてくれた。

優しい、大人の目だ。なんとなく悔しくて、でも悔しさついでにつぶやく。

「わたし、心狭いので。ただでさえ子どもだし」

「うん、そうよね。好きなひとから子ども扱いされるのはさけたいわよねえ」

「……普通の女の子は天敵です。女神を折るほうが楽です」

最後に肩を落としてつぶやくと、しゃがんでいたカミラが組んだ両腕の中に顔を埋めてはーっと大きな息を吐き出した。

「あー陛下ぶっ殺してぇ……」

「なんでですか」

「気にしないで。いいのいいの、さっきの顔が見られただけで役得」

立ち上がったカミラが、腰に手を当てて苦笑いを浮かべる。

「少しはすっきりした？」

「……はい」

「じゃ、行きましょ。陛下が心配しちゃう」

頷くと、するりと金の鞭が指輪に戻った。先に歩くカミラを見て、はっと思い出す。

「あの、カミラ！　さっきの話は陛下には」

「わかってるわよ、内緒でしょ」

振り向いたカミラがぱちんと片眼をつぶってみせる。

ほっとしたが、ジルはすぐそのあとを追いかけて、念を押した。

「絶対ですよ？　カミラはたまにそう言って裏切るから」

「あら信用ないのね、アタシ」

「逆に信用があるんですよ。カミラは気を遣うから、わたしと陛下の仲を取り持つとかするでしょう」

「そこまで親切じゃないわよぉ、アタシ。今、陛下ちょっと死ねって思ってるし」

「カミラじゃ陛下に挑んだって瞬殺なのに？」

「そうねーあっはははは、ジルちゃんってば相変わらず男心がわかんなーい」

わけがわからない。

だがカミラは笑ってそれ以上説明しなかった。

なんだってくるときはくる。心の準備など関係ない。

それこそ初めて会ったとき、突然パン屋さんに彼が現れたように。

「ハ、ハディスさん!?」

「ああ、おはようユウナさん」

開店準備を手伝いにやってきたら、エプロンに三角巾、ミトンまでつけたハディスが焼き場にいた。口をぱくぱくさせるユウナに、居間から出てきたおばあさんが笑う。

「ほんとに、ハディスちゃんは突然なんだからねぇ。ユウナちゃんがびっくりするのも無理ないよ」

「だ、だってあの、え……っだ、大丈夫なんですか、ここにきて⁉」

「え、駄目だった？」

　きょとんと見返されて凍り付いた。駄目なわけがない。

　だがしかし、目の前にいるのがこの国の皇帝陛下だと思うと、難しいことがぐるぐるして思考が固まるのだ。

「ええと、ごめんね。おばあさんには連絡しておいたんだけど、昨日の夜。みんなびっくりさせちゃったみたいで……」

「そ、それは……まあ……」

　皇帝だからだ。わかりきっていたことだ。

　しかし、みんなで気を揉んではいたけれど、本当にきたらどうしたらいいかまでは頭が回っていなかった。

「とりあえず、明日の昼まで時間ができたから」

「明日の昼まで……」

「うん。明日の夕方は大公就任のなんやかんやがあるでしょ。それに出なきゃいけないから、帰らないと怒られる」

「なんやかんや……」

「まぁ、僕はにこにこしてればいいだけだから」

待て、それはこの街にとってものすごく重要な行事じゃないのか。ハディスの背後で一緒に働く職人のひとりはそっと目をそらし、もうひとりは悟りきった目で黙々と作業をしている。

そんなユウナの背中を、そっとおばあさんが叩いた。

「大丈夫だよユウナちゃん。ハディスちゃんだよ」

「……」

その声に含まれたものに、ユウナはハディスを見る。

ハディスの姿は少し前、ここで働いていたときと何も変わらなかった。ただ少しだけ、困ったような顔で口元をゆるめる。

「迷惑かな」

「い、いえ大丈夫です！　みんな喜ぶと思うから」

「よかった！　ヴィッセル兄上もきっとそうなるだろうからって許してくれたんだ」

その兄上ってこの国の皇太子の名前では――と思ったが、頭をぶんぶん横に振って追い払うことにした。

それよりも確実にやってくる現実がある。

（い、急いで準備しないと）

落ち着いてきたとはいえ、ハディスが作ったレシピのパンを、竜帝のパンだと買いにくる客は後を絶たない。そこへ竜帝本人がきたらどうなるか、推して知るべしだ。ハディスはこの調子だから、隠す気などまったくないだろう。

「お、おばあさん、手伝ってもらってもいい？　今日はきっと大忙しになるから……！」

「だよねえ」

おばあさんが嬉しそうに笑う。

難しいことはわからなくても、それがいちばん正しいことのような気がした。

「僕がこられるのは最後かもしれないから、いっぱい作っていっぱい売ろう！」

皇帝が言えばそれは命令だ。だがおばあさんも職人も嬉しそうに笑って、それに頷いた。ユウナもさみしかったけれど、笑って頷いた。

材料がたりるのか心配する前に裏口にはどっさり小麦粉やバターが届けられた。届けにきたのはハディスをパン屋と呼ぶ軍人たちである。ハディスはやはり皇帝なのだと思う一方で「兄上はさすが、気が利くなあ」とか本人がのんびりしているものだから、なんだかどうでもよくなってきて、開店する頃にはハディスをパン屋だとしか思わなくなっていた。

竜帝本人がいるらしい。その噂は、午前中にはあっという間に街中に広がった。

いつものカウンターでは追いつかず、外に長机を出し、簡易の店舗を作った。近所のひとまで駆り出しての売り出しである。給料はハディスが先日儲けたときのお金で出るらしい。

あまりに人がくるものだから、街の見回りをしていた兵たちが見かねて、列の整理を買って出てくれた。

「パンはおひとり五つまでです。四列に並んでお待ちください。最後尾はこちらでーす」

「こちら、焼きたてでーす！」

たまにハディスが店内からパンを運んでくると、きゃあっと黄色い声があがる。手を振ってもらうだけではしゃいでいる女性は数知れず、行列には並ばず遠くから手を合わせて拝んでいる老夫婦もいた。

できるだけハディスが皇帝だということは意識しないようにしているユウナだが、ハディスがここにくることが許された理由がなんとなくわかった気がする。ハディスはどう思っているか知らないが、要は人気取りだ。

ハディス・テオス・ラーヴェは、呪われた皇帝として有名だ。皇帝になって二年ほど、決して評判はよくない。ユウナもたくさんの皇太子が不審死したとか、不吉な噂しか耳にしたことがなかった。

くわえて最近は、幼女趣味という噂まであった。

だが、にこにこ笑っているハディスを見ていると、噂はあてにならないなと思う。

(大変だなあ。皇帝って)

同時に、生きているひとなのだと思う。

お客さんが頼んだパンを用意して、袋に入れて、渡す。ユウナと同じようにそういうことをして生きているひとなのだ。

ありがとうございました、と頭をさげてからユウナははっとした。

「あ、いちごのジャムパン、売り切れです～！」

「えっ⁉」

間近で聞こえた声に、まばたいた。

聞こえたのは、思ったより少し下の位置からだった。視線をさげると、金髪に紫の目をした可愛い女の子が、衝撃を受けている。小さな手にはしっかりお財布を握っていた。

いちごのジャムパンを買いにきたのだろうか。だが、いちごのジャムパンはもう追加もないと聞いている。要は完売だ。

少しかがんで、ユウナは呆然と立っている少女に言う。

「ごめんなさい。さっきので終わりなんです」

「い、いちばん、楽しみにしてたんです……」

「並んでくれたんだよね。ごめんね」

ぶるぶると少女は首を横に振った。

本当においしいパンを求めてやってきたのだろう。客の中、特に女性はパンよりも皇帝陛下を目当てにしている者も多い。しつこく「皇帝陛下は」と問われることもあった。その分、おいしいパンを買いにきたこの子が微笑ましい。

自然と口調も柔らかくなってしまう。

「ええとね、いちごのジャムパンもおいしいけど、他にもおいしいものあるよ。甘いやつだと、こっちのりんごをそのまま煮詰めたの。生地がさくさくで私はおすすめ。ちょっと食べにくいけどね」

「あ、ほんとだ。おいしそう……」

しょんぼりしていた少女がちょっと顔をあげる。

「それに、一番人気商品はまだあるからね。『誓いのクロワッサン』っていうんだけど」

「なんですかそれ!?」

何やら仰天した少女に、クロワッサンという単語がわからないのだろうかと、ユウナは商品を取り出して見せた。

三日月形のクロワッサンをつなげて、円にしたものだ。飴状の砂糖がたっぷり表面に塗られていて、甘くて子どもにも人気がある。

「これ。食べやすいし、甘くておいしいよ。さくさくしてるし」

「…………。それは、遠慮しておきます……」

「えっそう？」

「はい。ええと、いちごのジャムパンはもう追加も出ないんですよね……？」

少女が上目遣いで再確認する。そんなに食べたかったのか。形が悪かったとかで売り物からはずれているものがあったりしないか、確認してもいいかもしれない。

「ちょっと待って、念のため聞いてみるから」

「あ」

突然、少女が固まった。何かと振り返ると、新しく追加のパンを抱えたハディスがやってきて、こちらを見ていた。

ちょうどよかったとユウナはハディスに話しかけようとして、何やらハディスの様子もおかしいことに気づく。少女からじっと目線をはずさないのだ。

少女が石のように固まっているのはわかる。皇帝とわかっているかどうかはともかく、いきなりこんな美形の青年が出てきたら、びっくりもするだろう。

だが、どうしてハディスが「皇帝陛下」と呼びかける周囲の声も無視して、少女を凝視しているのか。

「あの、いちごのジャムパンを買いにきたみたいで、でも売り切れてしまって」

とりあえずユウナはそうハディスに説明する。ハディスは、にっこりと笑い返した。ユウナはまばたく。

いつもと違う笑顔だと直感した。どこか、意地の悪さを含んでいる。

「そうなんだ。いらっしゃい」

「……」

少女は答えず、視線をそらす。それを見てまた笑い、ハディスが言った。

「ユウナさん。おばあさんのいつものパン、まだあるよね」

「え、うん。でも、いちごのジャムパンがほしいって……」

「大丈夫」

そう言って焼きたてのパンが入った籠を置いたハディスが、自らパンを選び取って、袋を用意する。

「シチューがあるから、あっためて、それと一緒に食べるのがおすすめだよ。ものすごく合うと思う」

話しかけられても少女は緊張しているのか、まったく答えない。

ユウナも口を挟みづらい。そもそも、シチューがあるってどういう意味だろう。

「っていうか、そのためにシチューを作ったから。食べてみて」

いつも売っているおばあさんの小麦パンを五つ袋に入れて、ハディスが少女に差し出した。

「……いちごのジャムパン」

恨み言のように少女が返した。その腕に袋を押しつけ、ハディスが悪戯っぽく笑う。

「君はいいでしょ、僕のパンはいつでも食べられるんだから」

その声が聞こえた周囲がざわっとさざめき立つ。少女は一瞬ぼんっと頭の上から湯気を出したようだが、すぐ唇を引き結び、きっと顔をあげて、代金を長机に置いた。

「陛下のばーか！」

そしてパンを抱いて駆け出してしまった。

呆然とするユウナの横で、ハディスが口元に手を当てて笑いをこらえている。そのうしろからおばあさんがやってきた。

「どうしたんだい。何かあったのかい」

「う、うん。明日挨拶にくるって話だったんだけど……パンがそんなに欲しかったのかな。僕のお嫁さんが並んでたんだよ」

「えっ⁉」

ハディスは聞き耳を立てている周囲のことなどまったく気にせず、もう一度言った。

「可愛いでしょ。あの子が僕のお嫁さん」

走り去った少女のあとを追いかけるように視線を投げて、ハディスがふんわりと、初めて見る顔で笑った。

皇帝陛下のお嫁さん。竜妃の神器を操りラーデアを救った、新しい大公。

十一歳の、竜妃。

色んな単語が浮かんだけれど、ハディスの瞳に宿る愛しさがすべてを物語っていた。

きっと幸せで、両思いなのだ。

「でも僕に内緒で並びにくるなんて。よっぽど食べたかったんだろうな」

ハディスは声を殺して笑っているが、ユウナは首をかしげた。

（ハディスさんが気になって、見にきたんじゃないのかなあ）

パンが欲しかったのも本当だろうが、いちばん気にしていたのはそこではない気がする。だが、黙っておくことにした。きっとあの少女は今頃恥ずかしくて悔しくて、悶えている。

同じ女の子だから、わかるのだ。

脇目も振らず一目散に部下のところに戻ったジルは、少しパン屋から離れた街角で叫んだ。

「カミラ、陛下は接客してない、並んでも見つからないって、嘘つきましたね⁉」

「あらやだ、嘘は言ってないわよアタシ。陛下は接客してなかったでしょ。たまーにパンを運びに店から出てくるだけでしょ」

「そ、そうですけど……わたしは接客されました！」

「そら隊長だったからだろ」

ジークの呆れたような声に、もう一度顔が赤くなった。うう、と胸にパンを抱いて嘆く。

「よ、よりによって陛下に見つかるなんて……」

「いいんじゃねえの、別に」

「よくないです！　いちごジャムのパンもなかったし……！」

あれでは、夫の仕事場をこっそり覗きにいっただけみたいではないか。だからどうというわけでもないはずだが、とても恥ずかしい。

ひょいとジルの腕からパンの袋を取りあげて、ジークが抱える。

「堂々としてればいいだろう。なんでそんなに混乱してるんだ、らしくないな」

「だ、だって陛下が」

公衆の面前で、臆面もなく、ジルがいちばんとくべつだと伝えるからだ。

思い出してジルは熱くなった頬を両手で包む。説明のかわりに、変な唸り声が出た。

列に並んでいる間はよかったのだ。ハディスを出し抜いて、パンを食べることにちょっとわくわくもしていた。ハディスは店の中からたまにパンを運びに出てきて、そのたびにきゃあきゃあ言われているのは気になったが、あの顔だし人気があるのはいいことだ。どれだけ黄色い声をあげられてもてきぱき仕事をしているハディスの姿もなかなか新鮮で、自分の知らないハディスの顔をまたひとつ発見できたようで嬉しかった。

だから気づかなかったのだと思う。

いつも自分に向けられるハディスの目が、表情が、声が、どれだけ違うのか。

見つかったとき動けなくなったのは気まずさもあるが、何よりジルを目にした瞬間にあきらかに変わったハディスの雰囲気にあてられたからだ。

それこそジルが知っているハディスなのだけれど、自分に向けられている顔は特別だったのだと唐突に自覚してしまった。

（しかも陛下もなんか、いつだって食べられるとかいうし！　そうだけど！）

普段ふたりきりで言われたら、そうだなと納得するだけの台詞も、あの場面で言われると威力百倍の睦言だ。

その結果、子どもっぽい捨て台詞しか出てこなかった。恥ずかしくて死にたい。

「お、お店のひとに、なんて思われたか……」

親切に接客してくれたあの女の子に、ただひたすら申し訳ない。夫が世話になったのだからしっかり挨拶をしなければと張り切っていたことを、撤回したい。

「まあいいだろ。そういうこともあるって」

「よくないです、ものすごくかっこ悪いですよわたし！　明日、どんな顔すればいいか」

「気になるなら謝ればいいじゃねえか」

「馬鹿ねーアンタ。ジルちゃんは陛下の近くにいる可愛い女の子には、完璧な妻を演じたかったんでしょ」

カミラの指摘がぐっさり胸に突き刺さる。

ジークが面倒そうに頭のうしろをかいた。

「別にいいだろそんなの……隊長のいつものノリで乗りこんでくほうがまずいだろうが」

「ま、それもそうねえ。たまには可愛げがあっていいと思うわよ、アタシも」

「その言い方、普段はまったく可愛げがないって言ってますよ」

「あらやだ、ジルちゃんがすねてる」

「あの……竜妃殿下でしょうか……！」

不意に声をかけられた。振り返ると、軍人ではない街の青年が立っている。

ジルをかばうようにジークがすっと前に出て、カミラがよそ行きの笑顔で応じた。

「何かご用？　あなたはラーデアの住民かしら」

「は、はい、そうです。す、すみません、その……お耳にいれたいことが……」

警戒されているのがわかったのだろう。ジークを気にしながら、青年が声をすぼませる。

「何か話したいことがあるってことね。どうしたの？」

ジークが威圧する一方で、カミラが話しやすいよう水を向ける。青年は視線を泳がせつつも頷いた。

「さっき、あまり見ない奴らが昼間から酒場でこそこそ話してて……ああ、ぼくはそこの店員なんですけど」

「盗賊の類いかしら」

「い、いえ。い、今……会話が、その……パン屋の人間を狙って、皇帝陛下を脅そうとか聞こえて、だから知らせなきゃと」

「おうかがいします」

ジルはカミラとジークの間から、一歩前に出た。焦った様子の青年が安心できるよう、にっこりと笑う。

「だから、落ち着いてお話を聞かせてください」

「よ、よろしいんですか。ただの聞き間違いかも……」

「大丈夫ですよ。わたしは竜妃なので、竜帝を守るのが仕事です」

だから遠慮なく話せばいい。ほっとした顔で、青年が頭をさげた。

夕方にはパンはひとつも残らず完売した。むしろ、よくそこまで在庫をもたせて売ったというべきかもしれない。

やったーとどこからか声があがり、自然と皆が笑顔で手を叩き合う。今日は宴会だ、と言い出したのは誰だったかもわからない。

あいにくパンはないが、誰からともなく家から飲み物や食べ物を持ち寄ってきて、パン屋の前――すなわち売り場だったところに集まって、宴会が始まった。

戦乱に巻きこまれてから初めての、どんちゃん騒ぎだ。皆、ひそかにたまっていた鬱憤を吐き出すように、関係ない人間まで集まってきて勝手に薪を焚き、宵闇の空の下で呑めや歌えやと騒いでいる。

安心してそんなことができるのは、その集団を囲んでいる兵の姿があるからだ。

（ハディスさんを守ってるんだろうなあ）

ハディスは安全なところにいたほうがいいのではないかと思ったが、そもそも兵を率いて戦っていたひとである。野暮なことは口にしないことにした。

それに、まだエプロン姿でいるハディスに皇帝らしい振る舞いを求めるのも、ちょっと間が抜けている。ハディスはちゃんと引き継ぎをするつもりらしく、レシピについても何やら職人たちと相談していた。きっと今後の店についても決まるだろう。

「そうかい、ハディスちゃんには竜神様が見えるんだねえ」

何よりおばあさんが嬉しそうだ。

ハディスと隅っこのベンチでふたり並んでいる姿に、ユウナはほっこりしてしまう。

「うん。今、おばあさんの横にいるよ」

「そりゃありがたいねえ。じいさんが生きてたら、ひっくり返るよ」

「おばあさんの旦那さんは軍人さんだったんだよね」

「そうだよ。ハディスちゃんのお嫁さんは、あのサーヴェル家のお嬢さんだってね」

聞いたことのある単語に、向かいでココアを飲んでいたユウナはまばたいた。

(クレイトスの国境を守ってるところだよね。すごく強いって有名な……)

考えている間に、ふふふとおばあさんが笑う。

「じいさんが聞いたら槍を持ち出してくるだろうねえ。ラキア山脈の向こうから攻めてくる敵だって」

「……おばあさんはサーヴェル家が嫌い？」

「そりゃね、ハディスちゃん。ラーヴェ帝国で好きだって言うやつはなかなかいないよ。特にここは国境だからねえ。ラーヴェ帝国ではノイトラールとレールザッツとラーデアのみっつで守ってる国境を、たったひとつで守ってる、化け物みたいな家さ」

お茶をすすってから、おばあさんは言った。

「仲良くやっていければ、そりゃあ心強いだろうけどねえ……」

ちょっと考えこんでいたハディスがまばたいた。

「それに、あっちだってクレイトスを守るために戦ってる。色々難しい話になるね」

「……うん」

「まずは喧嘩せんですむ方法を、見つけられたらいいけどねえ」

「できるかな」

「さあねえ。千年、できんかったからねえ。たくさん死んだし」

おばあさんがふと視線を持ち上げた。

「でも、国は大事だけど、戦争は楽しくないからねえ……」

おばあさんの遠い目につられて、ユウナも視線をあげる。暗くなっていく夜空の先にうっすら見えるのは、ラキア山脈——クレイトス王国との国境だ。

「ハディスちゃんがやるなら、わたしは信じるだけだよ」

「……うん」

本当はもっと、難しい話だ。でもきっと大事なことだ。

「僕のお嫁さん、会ってくれる？」

「もちろん」

薪の灯りを頰に受けて、ハディスが笑った。ユウナも視線を落としていた顔をあげる。

「ハディスさん、食べてないでしょう。私、何か食べ物持ってきますね」

「うん、ありがとう」

見送られて、食べ物が山積みになっているテーブルのほうへと向かう。

（そっか。竜妃様って、クレイトスのひとなんだっけ）

クレイトスと小競り合いがあったのは二十年だか三十年だか、ずいぶん前の話で、ユウナには隣国との戦争経験はない。だから敵国の人間と言われてもぴんとこないが、それでもざわめくものがあった。

一方で昼間見た女の子を思い出すと、可愛いなと思う。

難しい話だ。本当に。嘆息してから、雑多に積み重ねられた未使用の皿を取ろうとする。

（え？）

指先に引っかかった皿が足元に落ちてから、自分の首に光るナイフに気づいた。

悲鳴も、自分より先に周囲のひとがあげる。

「動くな！」

耳元で怒鳴られて初めて、自分が捕まっていることを自覚した。首に回った腕に力をこめられて、顔をしかめる。苦しい。

「皇帝はどこだ！」

「この娘の命が惜しければ出てこい！」

ユウナを捕らえた男を中心に数人の男性が武器を取り出し、叫び出す。住民になりすまして入りこんでいたのだろう。距離をあける皆の中から、真っ青な顔の母親が見えた。

「ユウナ！」

「おか……さ……」

「静かにしろ、皇帝を出せ！　そうすれば——」

ふっと視界が陰る。と思ったら自分を拘束する腕が消えて、地面に転がった。上半身を起こして振り向けば、自分を捕らえていた男が目を回して倒れている。屋根の上から降りてきた小さな影が、男の頭に踵落としを決めたのだ。

「おまっ……」

いきなり中央に現れた少女に、外に武器を向けていた男たちが一斉に振り向く。

「大丈夫です、じっとしていて」

ユウナの目を見てそう言った少女が、左手を振り払うように円を描いた。瞬間、武器をかまえた男たちが足元をすくわれたようにして転ぶ。金色の鞭だ。それが転んだ男たちの足首を縛りあげて、数珠つなぎになる。

「ジーク、カミラ、逃げ出した奴を捕縛しろ！　そこの兵は、こいつらを拘束するの手伝ってくれ。武器は取りあげて」

颯爽と立った少女が指示を飛ばしたあとで、ユウナに手を差し出した。

「怪我はありませんか」

「あ……はい……」

「よかった」

小ささにためらいはあったが、ありがたく手を借りることにした。ぐいっと力強く引っ張り上げてくれた少女の顔には当然、覚えがあった。

（竜妃様だ……）

自分がぼうっとしている間に、竜妃はユウナのワンピースについた埃まで払ってくれた。

「あ、ありがとうございます」

「いえ。びっくりしたでしょう」

「大丈夫⁉」

ざわめいている周囲をかきわけてハディスが走ってきた。ユウナは振り向いて頷く。

「だ、大丈夫。あの、竜妃様が助けてくれて」

「あっ、じゃあわたし、色々指示しなきゃいけないので！」

「えっ」

踵を返そうとした少女の首根っこをつかんで、ハディスが抱き上げる。

「ジル」

そういう名前なんだ。初めて聞く竜妃の名前を、そんなふうに思った。

「な、なんですか陛下。わたし、忙しいんです」

「よかった」

抱き上げた少女の腰あたりに額を当てて、ハディスがはーっと大きく嘆息する。少女は意外だったのか、目をぱちぱちさせていた。

「怪しい連中が何かよからぬことをたくらんでるから警備を強化するとは聞いてたけど、なんで君が外に出てるの」

「なんでって……」

「僕は君を城から出さないよう、指示したはずなんだけど。——抜け出したでしょ」

少女は答えなかったが、そろっと視線を遠くに泳がせた。半眼でハディスが下からにらんでいる。

「そりゃ君にかかれば、警備のひとつやふたつ突破できるだろうけどね」

「……サウス将軍たちはもう少し鍛えるべきだと思います！　あんな簡単に突破できるのは問題ですよ」

「開き直らない！　カミラとジークは君を止めなかったの？」

「カミラとジークはわたしの部下ですよ」

「役立ずな竜妃の騎士だな！　……君、自分が竜妃だって自覚ある？」

「ありますよ。だから陛下を守りにきたんです。わたしの仕事です」

一拍あいて、ふらっとハディスがよろめいた。ユウナは慌てる。

「ハ、ハディスさん！　大丈夫ですか」

「だ、大丈夫……ど、どうにもきりっとされると、僕は弱くて」

どういう意味だろう。首をかしげるユウナの横に、ひょいっとハディスの腕から飛び降りた竜妃が立つ。

「じゃあわたしは戻りますね」

「ちょっと待った！」

「もう、まだ何かあるんですか陛下、仕事の邪魔です」

「守る相手を邪険に扱うのはどうかと思うな!?　じゃなくて、挨拶しよう」

「えっ」

　固まった竜妃をもう一度抱え直し、ハディスが歩き出した。

「おばあさんに紹介するよ」

「え……で、でも明日の予定でしたよね……」

「いいでしょ、別に。なんなら、君も泊まらせてもらおう」

「でも、ローを城においてきてるし」

「あんな馬鹿竜と僕、どっちが大事なの」

「どっちって……いいんですか、陛下の心を無下にしても」

「ごめん、やっぱり両方大事にして……」

「なら、わたしは戻ります。……ちゃんとしてないし」

　うしろから追いかけて話を聞いているだけだったユウナがまばたくのと一緒に、ハディスが足を止めた。

「お年を召された方なんですよね。だったら、クレイトス——サーヴェル家に思うところがあるはずです。ここ、国境ですし」

また難しい話だ。でもそんな難しい話をこんな少女がちゃんと呑みこんでいることに、何よりユウナは驚いた。

困ったように笑って言うことにも。

「こんな子どもが陛下のお嫁さんで、大公になるって言われたら、不安がらせるかもしれませんから、ご挨拶はちゃんとしたいんです」

「そんなこと」

「ハディスちゃん」

おばあさんがゆっくりと、遠くから歩いてきた。

「その子がお嫁さん？」

ハディスはおばあさんと少女を交互に見て、頷く。少女は観念したように嘆息して、ハディスの腕からおり、おばあさんの前に立った。

「初めまして、ジル・サーヴェルと申します」

その横顔は凛としていて、先ほどの苦笑いはみじんもない。そのことに、ユウナのほうが緊張してしまう。

「陛下がお世話になりました」

「こちらこそ。本当に小さいんだねえ。いくつ？」

「……十一歳です」

「ああ、いいねえ」

その回答に、少女がきょとんとした。ハディスもまばたいている。

にこにこ笑いながら、おばあさんが続けた。

「じいさんとは、大人になってから見合いで出会ったんだけどね。でも、じいさんに幼馴染みがいたのさ。小さい頃から一緒の女の子でねえ」

聞いたような気もするが、なんの話が始まるのか、ユウナにもさっぱりわからない。

少女も同じなのだろう。戸惑いながら、神妙に頷き返す。

「は、はい。それは——ええと、複雑……ですね」

「そうなんだよ。なんでも知ってるのは幼馴染みのほう。しかも、本当に仲がいい友達。家族なんだよ。わかるかい？　嫉妬するだけ馬鹿をみるのはこっち。ずいぶん悔しい思いをしたもんだよ。じいさんは五つくらい上だったから、子ども扱いされて、余計にね」

「は、はい」

律儀に少女は頷き返している。おばあさんがゆっくりハディスに振り向いた。

「よかったねえ、ハディスちゃん。こんなに可愛い頃から、お嫁さんをひとりじめだ」

少女がゆっくり、紫の目を見開く。

おばあさんに見あげられて、ハディスが急いで少女を抱き寄せた。

「そうなんだよ！　あのね、僕と出会った頃、ジル、このくらいだったんだ。ここ。僕のおなかの真ん中くらい」

「でも今、ここでしょ」

少女の頭のてっぺんと手のひらを水平にして、ハディスが自分の胸下をさす。

「ちょっとだけど、大きくなってるんだよ」

「そりゃあね。十一歳なら、これからどんどん伸びる年頃だろう」

「そう！　僕もう、楽しみで楽しみで。でも心配で」

はあっとハディスが両肩を落とした。おばあさんが意地悪く笑う。

「美人になりそうだからかい？」

「そう。今でさえ可愛くてかっこいいのに……！」

「そりゃあ大変だ。でもいいだろう、ずうっと一緒のほうが。ねえ」

尋ねられた少女が目をぱちぱちさせて、それから力が抜けたような笑みを浮かべた。

「はい。……わたしは小さい陛下を見られませんけど」

「え、いいよそんなの見なくて……」

「でも、六年後じゃない、今の陛下を見られて嬉しいです」

なぜ六年後なのだろう。

(深い意味なんかないか。六年後だもんね)

それこそユウナだってどうなっているかわからない、未来の話だ。恋人とかできて、結婚していたっておかしくない。今からは想像もつかないけれど。

「年寄りからしたらみんな若いよ。そして、みんな今がいちばん若い」

おばあさんの言うことは真理だ。

緊張がとけたのか、少女がちょっと身を乗り出した。

「あ、あの！　パン、とってもおいしかったです！」

「おや。嬉しいねえ」

「陛下がおすすめする理由がわかりました……！　明日いっぱい買って帰っていいですか⁉」

「もちろん」

「え、ジル。ええと、僕のは……？」

「陛下はあとでいいです！　だっておばあさんのパンはラーデアでしか買えないんですよ！」

「そ、それはそうだけど……」

ショックを受けたらしいハディスの顔に笑ってしまった。

一方で、さみしさを覚える。

ラーデアでしか買えない。この少女もハディスも、いずれラーデアからいなくなるのだ。

(いつかな。ラーデア大公就任は明日って聞いたけど)

明後日か、それとももう少し先か。必ずくる未来の話だ。

「じゃあ、明日も頑張ろうか」

だからこそ、おばあさんの言葉はユウナの心に、じんと響いた。

竜妃様――ジルが馴染むのも早かった。なんでもおいしいおいしいと食べるので、皆からあれもこれもと色々渡されていた。妻が餌付けされている姿にどんどんハディスが半眼になっていき、わかりやすい嫉妬にユウナも周囲も笑いがこらえられなかった。

ジルは本当に普通の子だった。ラーデア大公の就任の式典で、何やら読み上げなければならない文言があるらしく、まだ覚えてないと申し訳なさそうに言われて慌てたのは周囲だ。復唱して覚えることになり、ユウナも周囲もその暗記につきあった。おかげで竜妃が読むという式典の文言を暗記してしまった者が多数出てきた。

かと思えば、酔っ払いも無作法者も一撃で沈めて片づける腕っ節の強さである。ラーデア大公就任を邪魔しようとした輩は無事捕らえられ、それ以上の大きな騒ぎは起こらず、無事に宴会は明け方まで続いた。

結局、ジルはハディスと一緒におばあさんの家に泊まっていった。そして、朝食を食べ終えた頃に、城から迎えがきた。

玄関を出たところで、おばあさんにかわってユウナから、預かっていた荷物をハディスに渡した。

「色々、ありがとう」

　エプロンをはずして、背後にずらりと兵を待たせているハディスは、皇帝だ。けれど、パン屋だったハディスと同じ人物だ。もう、変わったとは思わない。別れのさみしさはあっても、失ったさみしさはない。

　見送りに出てきた近所のひとたちも、職人たちも、みんな笑顔で見送ろうとしている。

「ありがとうございました。お世話になりました」

　ハディスの横でジルがぺこりと頭をさげる。ユウナは声をひそめて言った。

「式典、頑張って」

「は、はい。……あのユウナさんって……」

　何やらもごもごしているのでちょっとしゃがんで、耳を近づけた。周囲を気にしながら、小さな声でジルが尋ねる。

「陛下のこと、なんとも思ってないですよね？」

　一瞬噴き出したのは不敬だろうが、見逃してほしい。

「だ、大丈夫だよ」

「そ、そうですか！　……すみません、変なこと聞いて……」

「ううん。心配は当然だし、大変だと思う。本気の子もいたし」

えっ、とジルがまばたく。

「でも、ハディスさんはジルちゃん一筋だったよ。頑張って」

「は、はい……！」

「ハディスちゃん」

おばあさんが出てきたので、ユウナは場所を譲る。おばあさんはハディスの手を取って、優しく笑った。

「いつでも遊びにおいで」

「うん」

「でも、自分から逃げてきちゃあいけないよ」

ふっとハディスが金色の目を見開いた。ジルは黙ってそれを見つめている。

「しっかりおやり。わたしたちの皇帝陛下」

ハディスが口元に苦笑いのような諦めのような――それでいて、優しい笑みを浮かべる。

「わかった。おばあさんも、元気で」

優雅に身をかがめたハディスが、おばあさんの頰に口づけをひとつ落とした。

あとは踵を返して、それぞれの居場所に戻るだけだ。

その日の夕方、ラーデアの神殿で行われた大公就任の式典に現れたハディスはもう、どこからどう見ても立派な皇帝だった。腕に抱いている少女もしゃんとしていて、パンを両腕に抱えてはしゃいでいた姿は欠片もない。

でも、ユウナたちはちゃんと知っている。

雲の上のひとなんて区切るのは簡単だけれど、ちゃんとここにいたこと。

笑ったり悩んだりする、同じ生きた人間だったこと。

そして。

「――神とは終焉なき天、竜とは翼ある光、竜妃とは黄金の盾である。竜神ラーヴェの御名のもとに、竜妃が宣言する。天の花嫁の民よ、理の盾を抱く騎士であれ。さすれば、天空を謳う黄金の光となろう――ッ言えたあぁぁ――――!!」

固唾を呑んで竜妃の宣言を見守っていた周囲が、怒号のように感激の声と拍手を向ける。ジルは叫んでからしまったと思ったらしいが、そこはもうご愛敬だろう。

ラーデア大公万歳、竜妃殿下万歳、皇帝陛下に栄光あれ。

次々と歓声があがる中で、ハディスがジルを抱き上げ、ふたりで手を振る。

こちらを見たハディスが片眼を小さくつぶったのは、きっと気のせいではないだろう。

ユウナが竜帝夫婦を見たのは、それが最後だ。

天空都市ラーエルムはいつか行ってみたいけれど、簡単に旅行できる距離ではない。でもおばあさんがハディスとジルの結婚式は見たいと言っているので、なんとかできないかと計画は立てている。

おばあさんのパン屋の跡取りに決まった、職人のひとりと一緒に。

（新婚旅行になったらいいなって思うけど）

ちょっとまだ気が早いか。

でも行くときは、おばあさんのパンを作って、献上しよう。

この国と空を守る竜帝夫婦のために、自分たちが引き継いでいく、おいしいパンを。

エンドレス奇襲作戦

「陛下、うちの娘と踊ってやっていただけませんか」

背後で聞こえた会話に、ローストビーフかロブスターかを悩んでいたジルは、つい聞き耳を立ててしまった。

「一度、陛下に直接お目にかかりたいと、ずいぶん今夜のために頑張ったのです。こんな気さくなパーティーでもなければ叶わぬ夢ですので、娘の今後の勉強のためにもお願いします」

父親に背を押されたご令嬢は、皇帝陛下の前で真っ赤になって縮こまっている。年はまだ十六、七歳くらいだろうか。緊張している令嬢を見て、ハディスがふわっと微笑んだ。

「僕でいいのなら」

「ほ、本当ですか」

「ぜひ、お嬢さん」

うわずった声で確認する令嬢は、どこまでも初々しく、敵意はなさそうだ。などと考えていたら、振り向いたハディスが身をかがめて、ジルの頬に手を伸ばした。

「ジル、またあとでね」

あ、と思ったときはもう遅かった。自然な動作でジルの頰に口づけをひとつ落としたハディスは、乙女の夢を詰めこんだような優雅な仕草で一礼し、娘の手を取ってフロアの中央に進み出ていく。

(またやられた……)

ジルは頰を片手でなでて、半眼になる。

現在、帝都ラーエルムの帝城では、小さな夜会の開催が多い。内乱だなんだと今まで落ち着かなかった印象を払拭するためと、正式にハディスの婚約者になったジルを社交慣れさせるためである。

子どもで許される年齢のうちに場慣れしろ、という方針は大変ありがたい。パーティーは立食式でご馳走が出てくるので、留守番をしているよりもジルはご満悦だった。たとえば今、目の前にあるローストビーフやロブスターが大きな要因である。

だが、ジルとハディスでは身長差がありすぎてダンスができない。そうなるとダンスのお相手がいない皇帝陛下に、ご令嬢たちが詰めかけるのである。

ハディスは人なつっこいし、友達百人を夢見ていたひとである。来る者拒まずだ。特定の誰かに入れこむのではなく、まばらならば変な問題も起こらないだろうと、ヴィッセルもハディスの人気取りのため交流を推奨している。ハディスで末端貴族のご令嬢の顔と名前まで覚えているものだから、皇帝陛下に覚えていていただけたと心酔する者たちもだんだん増えてきた。

一方で、計算なのか素なのか、ハディスは誰かと踊る前に必ずジルに声をかけていく。何があろうと竜妃が一番である、という意思表示だ。だが、ジルに許可は求めない。皇帝の権威と竜妃への敬意の合わせ技だ。

ハディスは皇帝だ。それでいい。人気者になっていくのも誇らしい。いいことだ。

――だが。

「このままだと陛下を神器でシャンデリアから吊るしてしまいそうです。どうしたらいいでしょうか」

「なんで発想が吊るすなのよ」

昼下がりのお茶会で相談したジルに、げんなりナターリエが応じる。ぬいぐるみを抱いて現れたフリーダは、目をぱちぱちさせていた。ラーヴェ帝国将軍をやっているエリンツィアはときどき出席の、ラーヴェ皇族女子の定例お茶会である。

「ええと……でも、ハディスおにいさまは……ジルおねえさまにいつも、ちゅって……」

言いながら恥ずかしくなってきたのかフリーダが頬を赤らめてうつむく。いつもならつられて赤くなってしまうジルだが、今日は溜め息が出た。

「陛下が浮気してるとは思ってませんよ。大事にしてくれるし、疑う余地もないです。でもそれが不満っていうか……」

「とりあえずパーティー内で夫婦喧嘩はやめてね、ジルちゃん」

「皇帝暗殺未遂で竜妃がつかまるとか洒落にならんからな」

竜妃の騎士として出入り口で警備をしているカミラとジークが口を挟んでくる。本来なら会話できる立場ではないのだが、ナターリエもフリーダも許してくれたのでこうしてたまに会話に入ってくる。

「わかってますけど……でもなんか腹が立つんです！　陛下のくせに！」

立って力説するジルに、フリーダが目をまん丸にし、ナターリエが頬杖をついた。

「ちなみにハディス兄様、夜這いしかけてきた？」

「きません！　陛下のくせにこないんですよ！　陛下のくせに！」

「ジルちゃーん、そこ陛下がきたらアタシたちが大変だから煽るのやめて」

「っつーか、こなくて普通だろ」

「普通ってなんですか⁉　わたしに色気がないって話ですか⁉」

わかったふうに水を差す部下ふたりをにらむと、部下はそろって焦りだした。

「色気っつーかそもそも年齢がだな……いくらなんでも無理だろ、常識だ」

「無理ってなんですか！」

「ジルちゃん、落ち着きましょ？　ほらおいしいお菓子よー」

「お菓子は言われなくたって食べます！」

「ええと……ジルおねえさまは、ハディスおにいさまを、困らせたい……？」

小さなフリーダの的確な指摘に、ジルの膨れ上がった感情がいきなりしぼんだ。

「そ、そういうんじゃなくて……ただ……なんか、もっと……だって……」

椅子に座って、ぼそぼそ口の中で言葉をさがす。

ラーデアでひとりで英雄になって帰ってきたハディスは、変わった。もともと強いひとだとジルは信じていたが、本当にそうなっていくハディスに喜んでいるだけじゃない自分が、とても嫌だ。

特に、普通の女の子は天敵だ。ラーデアで感じた小さな不安が、ここ最近、どんどん大きくなってきている。

ぎゅっと目をつぶって、ジルは唸った。

「女神がいっそ襲撃してきたらいいのに……！」

「やめなさいよ怖いこと言わないで！」

「だって女神はぶん殴って白黒つけられるじゃないですか！　でも他の、普通の、可愛い女の子は……殴るわけには……」

うつむくジルに、みんなが顔を見合わせている。

だん、とジルは机を拳で叩いた。

「いっそ、陛下との結婚武術大会とか開くのどうですか⁉　わたし、優勝目指して本気で戦います！」

「ああ、ベイルブルグの空でやってた陛下が優勝賞品なやつね……」

「女神以外参加しねーだろ、そんなん」

「ジルおねえさま……あんなにハディスおにいさまに好かれてるのに、ヤキモチ……？」

フリーダの疑問にかっとジルの頰が赤くなる。

「ちがっ違います！　ちょっと、そうかもしれないけど……違います、わたしは……」

「自分に自信がないんでしょう」

果実水をぐるぐるストローで回しながら、ナターリエがつまらなそうに言った。

「ハディス兄様、中身はともかく見た目いいし所作も完璧だもの。あれと並んで遜色ない女なんて、それこそ女神しかいないんじゃないかってくらい」

「女神なら大丈夫です、折ります」

「なら自信持っていいんじゃないの？　いちばん強い敵に勝つ自信はあるんでしょ」

そういう考えはなかった。戸惑うジルの正面の席で、フリーダが目を輝かせる。

「かっこいい、ジルおねえさま……」

「あ、ありがとうございます……で、でもわたし、戦えるだけですから」

「何が戦えるだけ、よ。十分でしょう」

呆れたようにナターリエに言われて、ジルは混乱する。

「え、じゃあ結婚武術大会を開けばいいんです……？」

「武術大会から離れなさい。はい立って！」

「はい！」

ナターリエに勢いよく命じられて、椅子を蹴ってぴしっと背筋を伸ばして立つ。

じっと観察され、緊張したまま待っていると、ナターリエがふうっと嘆息した。

「いいわ。次のパーティー、協力してあげる」

「え？」

「わからないでもないもの。最近、ハディス兄様すごくかっこいいわよね。余裕が出てきたっていうか。ハディス兄様のくせにね」

何かが通じた気がして、ジルは急いで何度も頷く。

「そうなんです、陛下のくせにかっこいいんですよ！　陛下のくせに！」

「あ、あの……ハディスおにいさまを困らせるのは……だめ……」

「何言ってるの。フリーダだってリステアード兄様を部屋の外に叩き出して、三日三晩謝らせ続けたことあるじゃない」

「え、すごいですね。あのリステアード殿下をですか」

「あれは」

突然目を見開いたフリーダが、全身に魔力を立ちのぼらせながらぬいぐるみをぎりぎり引っ張る。ひっとナターリエ以外の全員があとずさった。

「おにいさまが、悪いから」

「そ、そうですか……」

「で、具体的に何するんだ」

「シャンデリアに吊るすのはなしよー」

ジークとカミラが脱線しかけた話を戻してくれる。

「まっとうな、普通の手段よ。ドレスと化粧」

「へっ？」

まばたいたジルの前に、ナターリエが立った。

「私の化粧係を貸してあげる」

「あらやだ、メイクアップってやつね!? アタシも手伝うわよ」

はしゃいで手を挙げたカミラをじろりとナターリエがにらむ。

「駄目よ。男子禁制。無意識で手を抜くから」

「ええー……？ ちょっと理解できないんだけどぉー」

「で、ですが、わたしはまだ子どもなので化粧とか早いような……」

「早いも遅いもないわよ。それにあなた、強いとかそういうのが目立ちすぎてるだけで、素材はいいわよ。立ち方とかとっても綺麗」

「えっ」

そんな褒められ方をしたことがなくてただただ驚くだけのジルに、フリーダがにこにこ顔に戻って言った。

「ジルおねえさま、かっこよくて、美人だから……」

「他ならぬハディス兄様がしょっちゅう言ってるじゃないの。大きくなったらすごい美人になる、どうしようって」

「あ……あれは陛下がわたしを買いかぶりすぎというか……そ、それにわたし身長は伸びると思いますけど、体つきのほうは自信がないというか」

他でもないハディスに「色気がたりない」などと言い放たれたこともある。

(あ、思い出したらむかついてきた)

未来がわかっているというのは、こういうときつらい。

「でもどうしようなんて言いながら楽しみにしてるわよね、ハディス兄様。まだまだ先の話だと思ってるから、油断してるのよ」

でも、未来は変わる。

今、この瞬間にも。

「そこを突き刺してやれば、面白いものが見られそうじゃない？」

要は奇襲作戦だ。

少しも自信はないけれど、顎を引いたジルは、思い切って頷き返した。

「ジルは？」

控えの間にやってきた竜妃の騎士に尋ねると、ふたりはそろってふてくされた顔になった。

「遅れる、だそうでーす」

「先に行っておいてくれだとよ」

「ジルが支度遅れるなんて、珍しいね。いつも料理のために真っ先に会場入りするのに」

そろそろ時間だと、ソファから立ち上がると、すかさずやってきた衣装係にマントを羽織らされた。ざっと姿見で全身を確認したら、あとは会場に入るだけだ。

柱時計で時間を確認したハディスは、カミラとジークに向き直る。

「今日は豚の丸焼きが出るはずだよって、教えておいてあげて」

「あー無理。俺ら、追い出されたから」

「は？」

まばたくハディスに、何やら物憂げな顔をしたカミラが行儀悪く髪先を指で弄り出す。

「なんかね、ナターリエ殿下が近づけさせてくれないのよぉ、アタシまで。手伝うって言ったのに。この熊はともかく、アタシまでのけ者なんてひどくなァい？」

「誰が熊だ」

「え、じゃあジルの護衛はどうなってるんだ？」

「ナターリエ殿下とフリーダ殿下のふたりと一緒だ。エリンツィア殿下が護衛についてる」

つまり本日、ハディスの大事なお嫁さんは妹たちと一緒に、姉に警護されているらしい。

構図を考えて、ハディスは眉をひそめた。

「それ、姉上が途中で抜けてジルがフリーダやナターリエの護衛になったりしない？」

「会場に入ったら俺たちがつくことにはなってる」

「心配しないで。大事な竜妃殿下を理由もなく護衛にはさせないわよ」

ジルの強さはハディスも知っているし、かっこいいと胸をときめかせたりもする。竜妃は竜帝を守るものだから、強さを求められるのも当然だ。

だが、いきすぎるとただの兵と変わらないと勘違いする輩が出てくる。

パーティーで食べ物に目を輝かせているジルの姿を、愛らしいと成長を見守る目ばかりではない。どうにか利用してやれないかと企むのは可愛いほうで、厄介なのは竜妃をおだてる素振りで内心は子どもだと侮ってくる連中である。そういう連中はいくらジルが強さを見せつけても、『しょせん兵隊』としか見なさない。

（かといってジルに無理はさせたくないし、難しいな）

（ほんとーに見た目は子どもだからなー）

胸の内から話しかけてきたラーヴェに、ハディスは苦笑いを浮かべる。

（そればっかりはしかたないよ。時間がかかる。それに都合がいいこともあるし）

（ああ、なめられてるほうがいいってやつな）

子どもの竜妃など敵ではない。どれだけ竜帝が寵愛してようが、身ごもることだってできない。竜帝はきちんと他の令嬢にだって目を向けている。あんな子ども相手ではいずれ物足りなくなるだろう――そう思わせておけば、ジルへの余計な危険が少なくなる。

ヴィッセルがジルを夜会に参加させているのは、場慣れのためだけではない。ジルを侮らせるためだ。リステアードなどは複雑そうにしているが、まだ子どものジルに負担を強いることもしたくないのだろう。黙って了承している。

（女の戦いって怖いもんなー）

結論としては、ラーヴェのひとことに尽きる。

「夜会続きで疲れちゃったかな、ジル。そろそろお弁当持ってピクニックとか、気晴らしさせてあげたほうがいいかも」

皇帝の来場を知らせるラッパの音にかき消されるつぶやきに、ラーヴェが何を思ったか中から出てきた。

「おめーは大丈夫かよ」

「ん？　平気だよ。ヴィッセル兄上もリステアード兄上も、色々手伝ってくれるし」

「そっか。……よかったな」

「うん。……って肩に乗るな、重い」

「いいだろー今日は俺もなんか食おうっと」

「勝手に食べるな、食べ物が消えたって騒ぎになる」

入場の拍手を隠れ蓑に、ラーヴェとこそこそ話しながら会場へ入る。

挨拶もそこそこに、ひとまず飲み物をとグラスを取ったハディスの横に、まずリステアードがやってきた。

「ハディス、ジル嬢はどうした？」

「なんか、支度に時間がかかってるみたい」

「そうか。今夜はフリーダも顔を出すらしいから、早めに引き揚げさせよう」

「フリーダも場慣れさせるんじゃなかったのか」

背後から声をかけたのはヴィッセルだ。むっとリステアードが振り返る。

「まだ八歳だぞ。顔見せ程度で十分だ」

「過保護なお兄様だ。ハディス、疲れていないかい」

ラーヴェと同じことを優しく尋ねるヴィッセルに、ハディスは微笑む。

「うん、大丈夫だよ兄上」

「そうか。何かあったら兄上に言いなさい」

「うん」

「お前にだけは過保護だとか言われたくない……」

「何か言ったかリステアード？」

軽口を叩いている三人に、勇気を出して今夜もまた誰かが近づいてくる。互いに牽制し合いながらじりじり囲もうとする気配を感じながら、ハディスは考えた。

（確かあの子は前に踊った。あぁ、今押しのけられた子、こないだも負けてたなあ。助けたほうがいいかな。余計にいじめられるかな）

そこまで考えると気疲れしそうだが、しかたない。少なくともジルが大きくなるまでは、そうやってしのいでいくしかないのだ。

思考を遮るように、ラーヴェ皇族の入場を知らせるラッパが鳴った。

ああ、可愛いお嫁さんがやってきた。そう思って、振り向いた。

ジルには、騎士はいても侍女も女官もいない。帝城に人手がないのと、ジル自身の後ろ盾がないせいで、選定に時間がかかっているのだ。故に今まではエリンツィアが用意した使用人に支度を手伝ってもらっていたのだが、ナターリエ曰くそれが間違いだという。

「エリンツィア姉様よ⁉　あてにならないでしょ⁉」

「ナターリエ。否定はしないが、本人の前で言い切るのはどうかと思うぞ」

「エリンツィア姉様は絶対はずせない夜会のときは、ノイトラールから精鋭のお手入れ集団がくるのよ。それに頼りっきりなの」

　ああ、とエリンツィアが遠い目になった。

「毎回いらないといってるんだがな……」

「あそこにかかったエリンツィア姉様を見たらびっくりするわよ。ものすごいおしとやかなお姫様になるから。誰かわからないわよ、あれ」

「へえ……」

　感心するジルの前に、なぜかナターリエが笑顔で仁王立ちした。

「でも、うちも負けてないから」

「へ？」

　指を鳴らしたナターリエの背後に、笑顔の使用人たちがずらりと並ぶ。

　そこからの記憶がジルにはあまりない。

　とりあえず作業は朝から始まり、なるほどこれは逃げるなとエリンツィアに共感した。それくらいしか覚えてられなかった。

　洗え、磨け、塗れ、こすれ、あっちだこっちだ振り回されて、気づいたら日が暮れていて、朝からこれだけ用意して支度が間に合わないってどういうことなのか、わけがわからない。

これが女の戦場というやつだろうか。

(つか……疲れた……)

なお、昼食は水とパンを突っこまれただけである。味など覚えていない。

「いい、どんなにおなかがすいても夜会の食事は手をつけちゃ駄目よ。それだけで台無しだからね」

「大丈夫です、その気力もわきません……」

「いい感じに元気がないわね。その調子よ」

「えぇぇー……だ、大丈夫なんですか、これで、ほんとに……」

「大丈夫よ。うん、鏡持ってきて。いいわよ、目をあけて」

化粧のためにずっと閉じていた目をそっと開く。

目に入った姿を、最初は誰だろうと疑問に思った。

まばたくと、同じように鏡の中で椅子に座った少女がまばたいて、驚いた。

「……えっ？　え、わ、わたし？　これ、わたしですか？」

「そうよ」

背後からやってきたナターリエが満足そうに頷く。そばにやってきたフリーダが目を輝かせて言った。

「素敵、ジルおねえさま……！」

同時にずっとジルにかかりきりだったナターリエの侍女たちが叫ぶ。

「どうです、やりきりましたよナターリエ様！」

「これでうちの宮殿の予算、増えますかね!?」

「それが目当てか、ナターリエ」

「増えたらいいなって思ってるだけよ」

今日は護衛をしてくれるというエリンツィアがそばにきて、鏡の中のジルを見て笑う。

「これは、思わず手を差し伸べて跪きたくなる美少女のお出ましだ。髪はかつらか？」

「そうよ、やるならこれくらいやらなきゃ」

ジルは腰近くまである髪の先を触ってみる。同じ金髪なので、自分の髪がいきなり伸びたように見える。それから頬に指先で触れてみた。感触は変わっていない。だが、化粧で立体感をつけたせいだろう。ふっくらとした子どもの柔らかそうな頬が、すっとした輪郭に変わっている。眉も細い形に整えられて、目も――なんだろう。睫が増えたからか、いつもと形が違って見える。

服装も普段とまったく違う、シンプルな落ち着いた色合いのものだ。レースなどのあしらいはあるが、胸元の高い位置でしめてすとんと膝下までおとした形になっている。おそらくスカート部分を広げてしまうと子どもっぽいからだろう。だが、丈は長くなく、膝下までだ。

「足は出していいのか」

「今日のパーティーはかちっとしたやつじゃないからいいでしょ。それに身長が低いと、長いスカートは綺麗に見えないのよね。なら膝下くらいにしちゃったほうがいいの。で、ヒールは細く高く。――ジル、立って。気をつけてよ、足元。いつもより高いから」

「は、はい」

「エリンツィア姉様、手を貸してあげて」

「ああ。どうぞ、姫君」

微笑んだエリンツィアに助けてもらって、おずおずと立ち上がる。やはり鏡の中の少女が同じ動きをして、それでやっと実感した。

（これ、わたしだ）

いつの間にかしっかり支度を終えているナターリエが、満足そうに腕を組む。

「いいわね。歩けると思うけど、いつもと違うから気をつけて。背筋はまっすぐよ」

「は、はい」

「いけそう？」

「ちょ、ちょっと怖いですけど、なんとか」

「やっぱり運動神経と体幹がいいと、高いヒールでも綺麗に歩けちゃうのよねえ。エリンツィア姉様もそうだもの。憎らしいったら」

「護身術くらいいつでも教えてやるぞ」

　エリンツィアの誘いにナターリエが顔をしかめた。

「嫌よ。さあ、行きましょうか」

「え、え、もう!?」

「時間すぎちゃってるのよ。まあでもいいでしょ、焦らしたほうが」

　まだ心の準備ができてない。そう言い出す前に、ジルの眼前でナターリエがすごむ。

「いい、あんまり長居するとボロが出るから、さっと出て見せつけてさっと帰るわよ。話しかけられても余計なことしゃべらないでいいからね。基本、にこにこしてるだけ」

「に、にこにこ——こうですか」

「駄目ね、いっそ無表情でいて。うん、そのほうが美少女っぽい」

　容赦のない駄目出しに、頷くだけで精一杯だ。その間にナターリエたちに取り囲まれた形で、ジルは会場の扉まで辿り着いてしまった。

　さすがに緊張して、ジルは胸の前で両手を組む。

「だ、大丈夫、ですかね。笑われたり、したら」

「されないわよ」

「で、でもでも、陛下が気づかなかったりとか」

　誰だろうあの子、みたいな顔で見られたらいたたまれない。横でぽんぽんとフリーダが背中を叩いてくれた。

「だいじょうぶ。ハディスおにいさまは、わかるよ」

「そ、それもそれで、あれっどうしてかつらかぶってるのとか普通に言われたら、やるせないというか！」

「なあジル、いっそ目を閉じていたらどうだ。私が手を引いてエスコートするから」

まばたくと、ナターリエがそうねと頷き返した。

「おろおろしてちゃ台無しだものね。あなたならまっすぐ歩けるでしょ」

「た、多分、それは、はい……でも……」

「目をあけるときは合図してやる。ハディスの顔が見える位置でいいだろう」

いきなり心臓がはねた。それをおさえるようにして、ジルはうつむいて、頷く。

「お願い、します……」

「じゃあ、いこうか」

ラッパの音が鳴る。

深呼吸して、ジルは目を閉じた。エリンツィアのエスコートは完璧で、不安はない。

だが心臓はずっとうるさい。

(らしくないな、わたし。なんでこんなことしてるんだか)

たとえ多少成長したように見てもらえても、ジルが十一歳なのは変わらないし、きっと明日からはいつもどおりにすごすだろう。ハディスを驚かせることができたとしても、一過性のものにすぎない。

　そもそもハディスはジルを好きだと知っているし、大事にしてくれている。なんにも不満なんてないはずだ。

(わたし、何がしたいんだろう)

　わからない。わからないけれど、ゆっくりと歩を進め始める。真っ暗闇でおそるおそる答えをさがしてるみたいだ。

　あと数年も待てば解決する。それが理だ。

　あと数年も待てない。それが愛だ。

　エリンツィアが立ち止まる気配がした。ゆっくりジルも足を止める。ジル、と小さくエリンツィアにうながされ、息を吸いこんだ。

　ゆっくりゆっくり、まぶたを持ち上げていく。きらびやかなシャンデリアの灯りが差しこんできて、まぶしい。

　でもそれよりも何よりも、自分の夫がまぶしいとジルはいつも思う。嬉しそうに笑っているときも、はにかんでいるときも。さみしそうな顔だって、怒っているときだって、魅入られてしまう。

　でも今、ハディスもぽかんとしたような顔で何かに魅入られている。そんな顔をして、何を見つめているんだろう。その金色の瞳の中を見つめて、ジルは気づく。

自分だ。

不意に、理解した。何がほしかったのか。

彼の視界をすべて占領する、自分だ。


「陛下」

わかればもう、何も怖くない。大好きなひとの瞳の中で、自分が微笑む。

つられたように、ハディスがふらりと足を踏み出す。そして、マントを脱いだ。

「⁉」

ジルの視界が再度闇に包まれた。ハディスが頭からマントをかぶせたのだ。それだけではなく、問答無用でマントごと抱え上げられる。

「ちょっ陛下⁉」

「ハディス兄様――」

ナターリエの驚いた声が魔力の重みにかき消える。

次にきたのは、冷たい床に尻餅をついた衝撃だ。

「へ、陛下、何……」

だん、とすぐそばの壁を殴るような音がして、息を呑んだ。

でも、それきり静かになった。すぐそばにハディスはいるが、呼吸だけで言葉はない。

困ったジルは、マントの隙間を見つけて顔を出してみた。周囲は真っ暗だ。目が慣れてくると、かろうじて見覚えのある家具が見えて、ハディスの寝室だとわかった。

きらびやかな会場からジルをつれて転移したのか。しかしなぜ、部屋の隅っこに。

ジルの肩口に額を押しつけたままのハディスに、もう一度、おそるおそる声をかけた。

「……どうしたんですか、陛下？」

ジルを部屋の隅に追いこんでいるハディスが、ゆっくり顔をあげる。

暗がりの中で凶暴に光るハディスの両眼に、ひっとジルの喉が鳴った。


突然竜妃をマントでくるんで転移し、姿を消した皇帝に会場がざわめき始める。

手を鳴らしてそのざわめきを遮ったのは、ヴィッセルだった。

「失礼。皆様、皇帝陛下は急用で席をはずしただけですので、ご安心を。引き続き夜会をお楽しみください」

ヴィッセルの笑顔にはどこか有無を言わせない強さがある。一緒にいるリステアードが何も言わないのも功を奏した。穏やかなバイオリンの曲も流れ始めて、その場はおさまる。

ほっと息を吐き出してから、エリンツィアがつぶやいた。

「どうしたんだ、ハディスは」

「びっくりしたんでしょ」

最初はあっけにとられたが、無言でジルをかっさらっていった兄の姿を思い出し、ナターリエはふふんと笑う。フリーダが目を輝かせた。

「ジルおねえさまが、綺麗だったから……？」

「そうよ。してやったわ。当分このネタでからかってやりましょ」

「ナターリエ」

背後からの優しいがぞっとする声色に、ナターリエの背筋が伸びた。おそるおそる振り向くと、今やいちばんの長兄となったヴィッセルが微笑んで立っていた。

「さっきの竜妃は、お前の仕業だな？」

「な、何よ。別に何も悪いことはしてない……」

言い訳は、ヴィッセルの眼光を前にしてあっさり消えた。

「ハディスがこじれたら、誰が責任を取るのか考えたことは？」

「……」

「せっかくだ。話をしようか、きょうだい水入らずで」

フリーダがナターリエの背後にさっと隠れ、横でエリンツィアが頬をかく。

リステアードだけが周囲をうかがいながら、「ほどほどにな」とたしなめた。

「……ナターリエ？」

眼光ほど強くはない声に、ジルの反応が遅れた。

「は、はい？　ナターリエ殿下が何か」

「君をこうしたの」

「は、はい……」

「だよね。君にこういう悪知恵を吹きこむとしたら、あの子しかいない」

はあっと疲れ切ったようにハディスがジルの肩に額を落とす。

「ほんと、やめてほしい……何これ。信じられない」

責める口調に、ぎゅっと心臓がしぼられる心地になった。声が少し震える。

「す、すみませ……に、似合わな」

「やめてよ。綺麗になるのなんて、もっと先だと思ってたのに」

息が止まりそうになったのは、強く抱きしめられたからだけではない、と思う。

「いきなりなんて、ずるいよ。心臓、止まるかと思った」

「び……びっくり、させちゃいましたか」

聞きたいのはそんなことではないと思うのに、うまく言葉が出てこない。こういうとき、自分は恋愛経験のない子どもだと痛感する。

「そういう問題じゃないよ。どうしたらいいの」

「ど、どうしたら、って……」

「君のこと誰にも見せたくない」

きっと大人の女性だったら、動揺して隙だらけのこの男をうまく翻弄するのに。

なのに自分はまだ子どもで、うろたえるしかできない。

「あ、あのっ！　今だけ、なので、心配されなくても――った、大変なんですよこれ、朝からみんなで準備して、だから、すぐ元に戻ります」

「戻れると思うの？　もう子どもじゃないって、教えておいて」

下から迫るように金色の目が近づいてくる。顎を親指と人差し指でつかまれた。

「好きだよ、ジル」

初めてハディスが笑った。

「震えてる？　怖い？」

「こ、わくはない、ですけど……」

「じゃあ、逃げないよね」

部屋の隅にジルを追い詰めたハディスに、そもそも逃がす気があるように思えなかった。

窓の格子から入りこんだ月光が、ハディスの顔を照らした。ジルは息を止める。

知らない男のひとの顔だ。青白く冷めているのに、瞳の奥の熱を隠しきれていない。薄い唇は乾いているのに、吐息が艶っぽい。綺麗なのに、こわい。

ぎゅっと目を閉じた。それ以外どうしたらいいかわからない。

でも、ここで縮こまっていては子どものままだ。

「ジル」

だから近づいてきたハディスの唇を、頭で迎え撃ってやった。

ごっ、というにぶい音のあとに口元を押さえてハディスが悶絶する。その間に、ジルは急いで仁王立ちした。

「もう、陛下は極端です！　あと、すぐ調子にのる」

「だ、だからって、この雰囲気で、こういう対処する⁉」

落ちたマントをハディスの肩にかけ直す。そして顔を覗きこんだ。

「どうですか、焦りましたか」

無言が答えだ。途端に嬉しくなって、頬がゆるむ。

「ふふ。ふふふふ、そうですか、焦っちゃいましたか」

「なんでそんな嬉しそうなの……」

「う、嬉しそうになんてしてません、よ？　ただの状況分析です、事実です」

「嘘だ、さっきからずっとにまにまして！　僕を焦らせて楽しんでる！」

誤魔化したかったが、表情がゆるみっぱなしなのが自分でもわかる。何よりこちらをにらんでいるハディスが可愛らしい。ジルはハディスの胸に背を預けるように、座り直した。

「いいじゃないですか。わたしだってたまには陛下を困らせたくなるんです。それに、服を脱いで化粧を落とすだけで、すぐもとどおりになります。すぐとけちゃう魔法ですよ。長続きなんかしません」

両膝を曲げて、その間に顎を乗せる。

「陛下が焦るのだって、どうせ今だけです」

「……そう思ってるのは、君だけだよ」

溜め息と一緒に、背中に覆い被さるようにハディスがもたれかかってきた。

「陛下、重いです」

「我慢して。仕掛けたなら、ちゃんと後片づけまでするのが責任ってものでしょ」

「着替えたら終わりですよ」

「ふぅん」

気のない返事にむっとしたジルの足を、ハディスが撫でた。ん、と思っている間に足に巻かれた靴の紐をついいっと解かれる。

「昔、読んだことあるよ。魔法で綺麗になって、舞踏会に行くお姫様の話。確か靴を落とすんだよね。で、魔法もとけちゃう」

ころんと床に、ジルの履いていた靴が転がった。

「でも靴を拾った王子様の魔法はとけなかったよ。……足の爪までちゃんと塗ってるんだ」

見えない場所なのにね。

喉の奥でハディスがそう笑った。ひんやりした床に素足をさらけ出しているからか、なんだか心許ない。そろりと足先をそろえて、ジルは居住まいを正した。

「口紅も僕が贈ったやつかな」

唇にハディスの人差し指がかすめる。

「さすがナターリエ、挑発がうまいよね」

「……あ、の、陛下。そろそろ、わたし、着替えようかと……」

「そうだね。じゃあ僕がやるよ」

「はい!?」

とんでもないことを言い出した。だが見返したハディスは輝かんばかりの笑顔だ。

「僕は魔法がとけるからって君を逃がすような間抜けじゃないよ。何より僕の知らないところで勝手に綺麗になっておいて、勝手に戻るなんて許せない」

「え、えぇぇー……それはさすがにどうかと思いますよ、陛下」

「君のせいだ。僕は悪くないよ」

目が笑ってない。清々しいまでの責任転嫁、堂々とした開き直りっぷりに呆れてしまう。

（……こういう男だったな。最近、ちょっとかっこよくなっただけで）

肩の力が抜けると、なんだか笑いがこみ上げてきた。

むっとハディスの眉がよる。

「なんで笑うの」

「だ、だって。陛下、ほんとに焦ったんですね」

笑っていると、強く抱きしめられた。ちょっと苦しかったけれど、乱雑さがハディスの動揺だと思うとくすぐったく感じるから、重症だ。

「焦ったよ。今だって目を離したらどうなるかって、どきどきしてる」

「だから元のわたしに戻るだけですって。……陛下、わたしがもっと大人になったら、口紅は返してあげますからね」

「それ意味、わかって言ってる？」

腕の力をゆるめたハディスが、ジルの顔を覗きこんだ。期待と不安が金色の瞳に浮かんでいる。ジルは向き直り、頬に手を伸ばした。

「さあ、どうでしょう？」

「……ほんとに、詐欺だ……」

ぐったりしたような声にジルはまた笑う。

ぎゅうっと正面からジルに抱きついてくるハディスは、まるで両思いになった頃のようで、それを懐かしく思いながら、頭を撫でた。

(大人の女って、こういうことかな)

いっぱいいっぱい甘やかしてあげよう。でも、調子にはのらせないように。

かけた魔法が少しでも長続きするように——それが恋愛戦闘力、というやつなのだ。

「……あの、陛下。そろそろ、離れようかなーって思いませんか」

ジルを膝の上にのせ、執務机で書類を決裁しているハディスは、にこりと笑い返した。

「また目を離したら勝手に綺麗になるかもしれないじゃないか」

「……」

昨夜からずっとこの調子でまとわりついてくるハディスに、最初こそ可愛さを感じたが、そろそろ限界だ。

不本意だが、同じ執務室で黙々と作業をしている面々に、助けを要請する。

「あの……ヴィッセル殿下」

「ハディスの気が済むまで黙ってそこに座っているのが君の仕事だ」

「リ、リステアード殿下……！」

「仕事が進むならあえて目をつぶろうと思う」

目は開いて仕事をしてほしい。

だが誰も助けてくれないのはわかった。ナターリエもヴィッセルからこんこんと諭されてまいったらしく「あとは頑張って」と言われたきりだ。エリンツィアとフリーダは、ハディスと仲良しだとにこにこしていて当てにならない。

「めんどくさい……」

「今、まさか僕のことめんどくさいって言った？」

「い、いえ……。……なんでこんなことに」

「君が僕に魔法をかけたからでしょ」

胸がときめくような素敵な台詞が、今はただの脅しに聞こえる。

焦ったハディスを見たときは、確かにしてやったりと思った。だが、決してこうなりたかったわけではない。ハディスだってずっとジルを膝の上にのせたままではつらいだろうに、移動までわざわざ抱き上げて運ぶし、これではジルにべったりだった頃に逆戻り――いや、それ以上に悪化している。

（……仕返しもかねてやってるよなあ、陛下）

自分を不安がらせたり動揺させたらこうなるぞ。そう言いたいのだろう。

昨日は勝ったと思ったのに、恋愛って難しい。

ひそかに溜め息をついたジルは、さらさらと目の前で書かれるハディスの筆跡を見る。綺麗な字だなあと眺めていると、頬を別の手で軽くつままれた。

「もうちょっと頑張ったら、解放してあげる」

「ほ、ほんとですか」

そう答えてからはっとした。これではまるで、自分が音を上げたみたいではないか。

「懲りた？」

案の定、ハディスはなぜか楽しそうだ。

「僕は大人だからね。許してあげる」

あんなに動揺していたくせに、すべて忘れたような笑顔でハディスが余裕を見せる。

これはもう、魔法なんかとっくにとけている。

ジルはむくれたまま黙った。

どうやったらこの男の余裕をぶち壊してやれるだろう。昨夜は勝ったのだ。またきっと勝てるはず。今度こそ。

そうしてまた魔法をかけ直すのは『最初に戻る』のと同じで、問題の根本的解決にならないのだとジルが気づく日は、遠い。

⚜「大丈夫」あなたの今ならば⚜

びしばしと鞭が床を鳴らしている。そのたびに会場内に脅えが走るが、どこか遠い世界の出来事のようだ。

婚前契約書を交わすために用意された儀礼用の服は、ともかく重い。山中の逃亡劇から天剣を振り回し竜に指示を飛ばしながら、戦闘民族と名高いサーヴェル家当主と護剣を持つ女神の守護者、あげくに聖槍を持つ王子様まで相手にしたのだ。ぶっちゃけ、この場に立っているのがやっとである。

そうでなくても、この国の魔力の気配が気持ち悪い。

竜が生きられない大地と、飛ばない空。女神の加護を受けた国。育て親を殺す国。

けれど、やり遂げなければならない。これだけのために、ここまできたのだから。

ほとんど前例のない、両国の国璽が押された契約書。

丁寧に、名前を書く。

――ハディス・テオス・ラーヴェ。

署名を終えたそこが、ハディスの限界だった。

「――ハディス兄様？」
二、三度まばたくと、ぼんやりした人影がきちんと像を結んだ。
敵国の王様にさらわれてしまったはずの妹だ。いや、助け出したのだったか。

「……ナターリエ？」

か細く問い返すと、ナターリエが頷き返す。

「そうよ、よかった。ああ、いきなり動いちゃ駄目よ」

「僕……どう……」

「倒れたのよ。ここはサーヴェル家の本邸。エリンツィア姉様、ハディス兄様が起きた！」

額に触れる妹の手との温度差で、熱っぽい体を自覚する。いつもの、魔力の使いすぎだ。

ラーヴェと心の裡で呼ぶと短く返事があったが、出てくる気配はない。敵地だというのに呑気な、と思っていたら、今度はナターリエと逆側から姉が顔を出した。

「まだ前後不覚そうだな。無茶するな」

「ハディス兄様、水飲む？　声が嗄れてるわ」

かいがいしく妹が横から水差しをくれる。姉に背を支えてもらいながら起き上がり、水を飲むとやっと思考が巡り始めた。自分は、ものすごく重たい服を着て大層な台座に置かれた契約書に署名をしていたはずだ。なぜかびしばし鞭がしなる会場で——はっと顔をあげた。

「——ジルは!? 僕、確か契約書を交わす途中で」

「大丈夫だ、心配するな」

エリンツィアにはっきり言われ、まばたいた。ナターリエが苦笑する。

「ちゃんと婚前契約書に署名したわよ、ハディス兄様」

「あとはリステアードが取り仕切っている。ちゃんとお前はジルと婚約したよ」

「ハディスが起きたのか？」

エリンツィアが閉め損ねた扉から、リステアードが入ってきた。ぼんやりしている間に額に手を当てられ、顔をしかめられる。

「まだ寝ていろ」

「でも——まだ、色々、やることが」

「ジェラルド王子の護送について手はずは整えた。お前でなければならない問題があれば叩き起こしてやる、寝ていろ。ジル嬢がサーヴェル家での療養の約束を取り付けてくれたんだ」

「……でも、ナターリエだって、さらわれたばっかりで」

「大丈夫よ、ハディス兄様。ちゃんと助けてもらったわ。今はエリンツィア姉様もリステアード兄様もいるし」

ナターリエが濡らした手巾で額の汗を拭ってくれる。

二度目の「大丈夫」だな、と数えた。

「それよりちゃんと休んで。不調が長引いたら、ヴィッセル兄様に文句言われるのは私たちなんだから」

「……でも、サーヴェル家は味方じゃない……」

「サーヴェル家はこの盤面で手を出すほど馬鹿ではない。こんな立派な部屋を用意して、親切なものだ。それに、ジル嬢が目を光らせている。信じてやれ」

寝台のかたわらに立っているリステアードが腰に手を当てて、不敵に笑った。

「大丈夫だ」

三度目だ。

「お前はやるべきことをやった。あとは僕たちを信じて休んで――」

ぎょっとした兄の顔を見るまで、自分の頬を伝ったものがなんなのかわからなかった。

誰よりも早く反応したのは、ナターリエだ。でもまるで何でもないことのように、汗と一緒に、頬の涙も拭ってくれる。

次に、エリンツィアが逆方向から腕を伸ばしてきた。頭をすっぽり抱きしめられる。

「安心したか。よしよし、よく頑張った。ジルはお前を選んだんだ」

う、と変な声が出そうになって、何度もまばたく。エリンツィアが笑う。

「今はゆっくり休め。もし何かあっても私が守ってやる。知ってたか、姉上は強いんだぞ。サーヴェル家にだって負けるものか」

「……し、しってる……なんか、山がハゲてた……」

「私、気絶しててよかったわ……」

「……ナターリエは、怪我……」

「ないわよ。だってそんなことしたら王子様の負けでしょ」

ふふんと笑ったナターリエの姿が、大きな涙の粒の中でゆがむ。

ナターリエも無事。姉も無事。開戦もぎりぎり回避して、ジルと婚約した。――ぜんぶ、うまくいったのだ。

「もう、泣かないの、ハディス兄様。ジルに見られたらかっこ悪いわよ」

「どうせ僕はいつもかっこ悪いもん……」

「いいじゃないか、ジルがくるまでなら。ここにはきょうだいしかいない」

「エリンツィア姉様は甘やかさないの。ねえ、リステアード兄様」

ナターリエに言われて、固まっていたリステアードが我に返ったようだった。わざとらしい咳払いが聞こえた瞬間、ハディスは洟をすすりながら低く言う。

「リステアード兄上、うざい」

「まだ何も言ってないだろうが！　しかも今回、最大級にお前の面倒をみた僕に向かってその態度はなんだ!?」

「二度も言うな！　まったく……反抗する元気があって結構だ。あとは早く体調を戻せ。僕は先にラーヴェに帰るから――」

「うざい」

つい顔をあげると、目が合った。リステアードに驚いたような顔をされて初めて、ハディスは自分がどんな表情を浮かべたか知る。

「……心配するな、やるべきことはやっていく。僕だってお前の面倒がみられると、ヴィッセル兄上に証明しなければな」

ぴんと指で額を弾かれた。むかっ腹が立ったハディスはその指をつかむ。ぎょっとリステアードが身を引いたが、逃がさない。

「いッいたたた、ハディスやめろ、折る気か！」

「折れたら帰れなくなってちょうどいいよ！」

「最近のお前の甘え方はどうしてそう暴力的なんだ！」

「反抗期だよ！」

「もうそんな年齢じゃないだろうが！」

「陛下、目が覚めたんですか⁉」

騒ぎを聞きつけたのだろう。扉があいたと思ったら、お嫁さんが寝台に飛びこんできた。うめくリステアードを寝台脇に蹴落として、ハディスはジルを受け止める。

「大丈夫ですか、熱——まだ熱いじゃないですか！」

「うん」

「寝てなきゃ駄目ですよ、目だって赤いしなんか潤んでるし……なんで笑うんですか、エリンツィア殿下」

「いやいや。そうだ、ハディス。リンゴ食べるか」

「そのまま出さないでください、エリンツィア姉上。僕がむきます」

「兄様、ナイフこっち使って。他にも果物と、取り皿もらってくるわね」

「リ、リステアード殿下、リンゴむけるんですか……ひょっとしてうさぎさんとか、できちゃったりします……？」

「ああ、フリーダにねだられてよく作っていたからな」

「へ、陛下……リステアード殿下がうさぎさんを作ってくれるって……」

「うん」

ハディスの腕の中で衝撃を受けているジルが、ちょっと顔をあげる。

「なんでさっきから『うん』しか言わないんですか、陛下」

「うん」

「……まだ熱がありますね」

小さな手が額に押し当てられる。

「大丈夫ですよ、わたしがいます」

四回目の大丈夫だ。

うん、と頷き返すと、ジルがしかめっ面になったあとで、何やらきりっとしてみせた。

「あと、陛下にあーんするのは、わたしがやりますからね！」

だって妻ですから、と胸を張る彼女は正しい。

胸の裡で、よかったなあと竜神が笑っている。

うん、とまたハディスは頷いた。

「かっこいい」にはまだ早い

「サーヴェル家のひとってよく転ぶんだね」

「はい？　なんですか、それ」

初耳の情報だ。エプロンをつけたばかりのジルの横でじゃがいもの皮をむきながら、ハディスが続ける。

「一昨日くらいから立て続けに、僕の前で転んだひとを助けたから。今日だけでも、もう三回くらい。それとも何かの罠なのかな？」

「そういう罠も戦術も聞いたことありませんが……」

「だよねえ。別に僕も何かされたわけじゃないし……」

「ラーヴェ様はなんて言ってます？」

サーヴェル家滞在中、ラーヴェはほとんど姿を現さず、ハディスのそばから離れない。クレイトス国内は女神の支配下にあるから基本不干渉、だそうだ。人間には感じ取れない影響や決まり事があるのだろう。

「対応は正解だから自分の育て方は間違ってないって」

「……。ものすごく不安になるんですけど、何か悪いことしてませんよね、陛下」

「してないよ！　こけた人に手を貸しただけ。古くなって道が悪いのかなあ」

「お父様かお母様に報告しておきますね。道が悪い程度でこけるとか、サーヴェルの領民に限って考えにくいんですけど……」

サーヴェル家本邸付近に住む領民は基本、現役を引退しているが、足腰も魔力も丈夫な者が大半だ。傭兵集団程度なら小隊で殲滅させる連中が、道が悪い程度で転ぶとは謎だ。

「そうしておいて。あ、野菜がたりない。義母上にも頼んでなかった……」

「わたし、取りにいきますよ」

「いや、僕が行くよ。二区画向こうのおじいさんの畑だよね」

すっかりサーヴェル家での食料調達を覚えたハディスが、頭の三角巾をはずして、棚の上から籠を取り出す。

「あのおじいさん、好戦的でしょう。陛下、からまれませんか」

「あー、でも腕相撲で勝ったら野菜わけてくれるし」

「えっなんですかそれ楽しそう！　わたしもやりた」

「君は洗ったお皿を拭いておいて、他はさわっちゃ駄目だからね！」

早口で言い捨てて逃げるようにハディスが厨房から出ていった。もう、とジルはむくれる。

起き上がれるようになったハディスがサーヴェル家滞在中に選んだのは、やはりというかいつものというか、料理を引き受けることだ。毒見の手間を考えたら大変ありがたくはある。サーヴェル家の別邸は療養にはいいが、貴人をもてなすのには向いていないのだ。自給自足が得意なハディスの肌にも合っている。

好戦的な領民がハディスに勝負を挑むのは問題だが、腕相撲なら許容範囲だろう。

「あら、ジル。ハディス君は？」

皿ふき用の乾いた布を見つけたところで、材料を持った母親——シャーロットが現れた。どうもハディスとは行き違ったようだ。

「たりない野菜があるって、調達にいきました。すぐ戻ると思いますよ」

「そう。じゃあジルはそこに座って手を出さないでね。余計な仕事が増えちゃうわ」

「お皿を拭くよう陛下に言われました！　手伝えますよ！」

家事全般壊滅的だと知っている母親は、すぐにジルを厨房から追い出そうとする。ふふ、と荷物をテーブルに置いて母親が笑った。

「ジルが自分からお手伝いするなんてねえ。ハディス君はすごいわ」

「な、なんですか。確かに苦手ですけど、手伝うくらいは普通、するじゃないですか……」

「うちで手伝いを言い出したことなんてないくせに」

ぐっと詰まったジルに、エプロンをつけた母親が笑う。

「ジルも年頃になったのねえ。お母様、嬉しいわ。恋って素敵ね」

からかう気だ。ここはのってはならない。冷静に、と言い聞かせて話題を変える。

「そういえばお母様。陛下が、道の舗装が古いんじゃないかって心配してました」

「でもまだまだねえ。女の戦いができてないわ」

話をはぐらかすにしては意味深な言い方に、お皿を持ったジルは止まる。

「私も見たわ。ハディス君の前で、女の子だけがつまずくのよね」

「……陛下の前で、女の子、だけ……？」

眉をゆっくりよせるジルに、シャーロットは調味料の瓶の蓋をあけ、中身を追加する。

「そうよ。ハディス君の前で、女の子だけ。年頃の子からおばあちゃんまで。すごいわよね、ハディス君。もてもて」

「は──はあ⁉　陛下、ああ見えて皇帝ですよ！　竜帝です！　もてもてって、簡単に近づいたりさわったりしちゃいけないひとですよ！」

「あなたの婚約調印式で、人をたくさん呼んだでしょう。今、本邸には里帰りしてる若い子や他から呼びよせた人間が大勢いるわ。しかもハディス君はエプロン姿。正体に気づかれてないのかもしれないわねえ」

ありえる。エプロンを着てその辺の田舎道を野菜を求めて歩いている男が、いくら美形だったとしても、皇帝だなんて普通、思わない。

「ハディス君、足をくじいた女の子を抱き上げて、家まで送ってあげたらしいの。そのとき他にも女の子がいたみたいで、羨ましかったんでしょうねえ。事の発端はそこみたいよ」

「う、羨ましいって……その……それは……」

「あの顔でしょう？　エプロンでも」

ものすごく説得力のあることを言われた。

「それにハディス君、女性の扱いが上手でしょう」

「へ、陛下が、ですか？」

何かあればすぐ嫌だとわめき駄々をこねて逃げ出す印象が大きすぎて、呑みこめない。ふふっとシャーロットが笑った。

「こけるとちゃんと手を貸してくれるし、気を遣ってくれるし。いい育てられ方をしたんでしょうね、とても礼儀正しくて優しいわ」

いいことだ。なのにジルはこう思わずにいられない――おのれ、理の神。なぜそういう建前だけうまく育てた。対応ばかりがうまくて、結果がともなっていない。

「向かいのおばあさんが若返ったって言ってたわ」

「全員何やってるんだ、ひとの夫に！　わたし、陛下追いかけます！」

「あら、こんなことでいちいち動揺してたら、もたないんじゃないかしら」

母親の冷静な言葉は、どこか戦場を分析する指揮官めいていた。

「ぱっと見、近づきがたい。でも、笑うと人なつっこくて、子どもっぽいところもあって、可愛い。助けたい、守りたい、そう思わせる雰囲気があるわよね、ハディス君。でも最初の近づきがたい印象は間違いじゃなくて、きっちり一線を引いて、近づけさせない。手に入るようで入らない、謎めいたところがまた魅力的。視野の狭い若い子ならいちころでしょうねえ。あれは危険な男だわぁ。でも、しかたないわよね」

「な、何がしかたないんですか」

エプロンを脱ごうともがいているジルに、母親はころころ笑った。

「だって愛の女神もたぶらかす男だもの」

ジルが足を止めたのは、なんだ本当にかっこいいな、とか思ってしまったからだ。

屋敷を飛び出して少し先、ちょうど民家の角をまがったところで、ハディスが女の子に手を差し伸べていた。立たせたあとは、散らばった鞄の中身を拾うのを手伝っている。

「大丈夫？　怪我は」

「へ、平気です、ちょっとすりむいただけで」

「あ、僕、ハンカチ持ってますよ。ちょっと待ってて、手当てしたほうがいい」

ぱっと女の子の顔が輝いた。民家の陰に隠れて、ジルは半眼になる。

（陛下に助けてもらった記念に物をもらう流れになってるんじゃないだろうな……）

あり得る。かっこいい男のひとの写真とか、小物とか、それだけで貴重だ。悪いですと遠慮しながらも女の子は嬉しそうだった。楽しそうと言ってもいい。知らないかっこいい男の人との、ちょっとした接点。のどかな田舎では刺激的だろう。目くじらを立てて怒るには、無邪気な遊びだ。相手は自分より三、四歳くらい年上、だがハディスよりは年下の、まだ少女だ。そこへ「ひとの夫に何をする」と飛びこんでいくのはあまりに子どもっぽい行動に思えた――今、自分は十一歳だけれど。

　まだ小さな手のひらを見つめて、ジルは嘆息した。

（陛下、猫かぶりがうまいんだよな……）

　角の向こうではハディスが女の子の手のひらにハンカチを巻いていた。なんとなく民家の壁に背を預けて、ジルはしゃがみこむ。

（……いいな、かっこいい陛下）

　自分には拝めない姿じゃないだろうか。普段のハディスのほうが素で、今の態度は他人に対するものだとわかっていても、なんだか釈然としない。

　それを堪能できるのが妻の自分じゃないなんて――いや、見たことあるはずだ。目をぎゅっと閉じる。エプロンじゃないやつを思い出すのだ。

　たとえば、ラーデアで軍を率いたあの姿。暁に照らされた横顔。あるいは、かつての未来で夜空を輝かせた圧倒的な魔力。見方によっては、ジルにさようならなんて平気で言い捨てたあのときもぼこぼこに殴ってやりたいが、顔は良かった、うん。

「でも全部ぼろぼろか、ろくでもない状況……！」

顔を覆って唸ってから、ぶるぶる首を横に振る。

「あるはずだ、絶対、どこかにかっこいい陛下……かっこいい陛下……顔だけじゃない、わたしのかっこいい陛下！　王子様みたいなやつが……っ」

きっと夜会とかで見たはずだ。思い出そう。きらきらしたシャンデリアの下だ――大皿にのった豚の丸焼き、取り放題のパスタ、いっぱいならんだ宝石みたいな小さな焼き菓子、三段になったケーキ。

ふっとジルは黄昏れた。

「諦めよう、わたしのかっこいい陛下……」

「え、諦めちゃうんだ」

正面にしゃがみこんだハディスがいた。あとずさったが、背中は民家の壁にぶつかる。

「へ、へへへ陛下、いつから」

「君が隠れて出てこないから、どうしたのかと思って見てた」

「声、かけてくださいよ！」

「なんか真剣に悩んでたから、待ったほうがいいかなって」

お互い物陰にしゃがみこみ、膝をつきあわせている間抜けな展開になっている。嘆息して何か言おうとして、困った。何を言えばいいだろう。

「……お野菜は？」

「もらえたよ」

地面に置いた籠を持って、ハディスが先に立った。

「帰ろう。ご飯の仕込みしなくちゃ」

「……き、聞かないんですか、何も」

ジルがのぞき見していたことも全部、わかっているはずだ。ジルに背を向けようとしたハディスの足が止まる。

「さっきの女の子なら、ハンカチは返さなくていいって言ったよ」

「それはどうでもいいです。そうじゃなくて」

「じゃあ、かっこいい僕を諦めたこと？」

「そ、そうです！」

聞かれていたなら開き直るしかない。立ち上がったジルに、ハディスが肩をすくめた。

「でも君、かっこいい僕からは逃げちゃうからなあ」

「な、なんですかそれ!? わたしが逃げるわけないですよ」

「それに、ここにはご両親がいるでしょ。駄目だよ。特に君のお父さん、うるさいから。君はあんまりわかってないみたいだけど」

わけがわからない。でもハディスは何もかもわかったような態度で歩き出してしまう。

置いていかれまいと、ジルは早足でその背を追いかける。

「陛下こそわかってるんですか？　陛下の前で女の子が転ぶのは、わざとなんですよ！」

「ああ、やっぱりそうなんだ。まあ、よくあることだし」

「よ、よくあるってなに──っ！」

靴先に何か引っかかったと思ったら、もう体のバランスが崩れていた。だがここからでも受け身は取れる、自分なら──と思っている間に、肩が抱き留められた。

ハディスの腕だ。

「大丈夫？」

「は、はい。すみません」

こけずにすんだ。他の女の子と違って、ハディスが先に手を伸ばすから。

そんなことに思い至ったせいで、行動が遅れた。

姿勢をすぐに戻さないジルの耳に、ハディスがささやく。

「わざと？」

意味がわかったのは、意味深な微笑と低いささやきに全身が沸騰したそのあとだ。

ばっとジルは地面を蹴ってハディスから距離を取った。

「そっ──そんなわけないでしょう!?　どうしてわたしがわざとこけなきゃいけないんですか、

陛下の前で！　ちゃんと受け身がとれる状態でした！　それを陛下が」

「ほら、やっぱり逃げる」

「はい!?　なんのはな――」

かっこいい、ハディスの話だ。

数歩距離を取った先で、ハディスが首をかたむけ、金色の瞳と形のいい唇を意地悪くゆがめる。

「ね。まだ君には早いよ」

理由はわからない。でも羞恥と悔しさで、震えがきた。足元から頭のてっぺんまで、顔も耳も真っ赤だろう。両の拳を握ったままジルは唇を噛みしめる。

それを見て、ハディスがちょっと慌てだした。

「ごめん。君がわざとやったとか、本気では思ってないよ。あんまりにもタイミングよかったから、からかいたくなっちゃって」

やりすぎた、という顔だ。それがまた悔しい。

力一杯、それこそ父親のもとまで届けという声量でジルは叫ぶ。

「陛下の馬鹿！　よくもわたしをもてあそびましたね！」

「その言い方は絶対、誤解を招くよね!?」

知ったことか。踵を返し早足で歩き出す。ハディスが慌てた声をあげるが、助けてなんかやらない。

相手は愛の女神もたぶらかす男だ。

でも、妻には跪く男だ。

「ジル待って、僕が悪かったから」

「どうせわたしは子どもですよ！　ばーかばーか、陛下のばか！　わたしから常に三歩離れてください、近寄るの禁止！」

「機嫌直して、夕飯、ジルの好物にするから」

「そんなんじゃ許しません！」

「デザートもつけるから、ジル～～～」

言いながら追いついたハディスが、ふわっとすくうようにジルを抱き上げた。まだ近づく許可も触れる許可も出してないのに。

「ゆるして、おねがい」

弱ったような声色。でも口元も金色の瞳も苦笑いをこらえたような、許されるに決まっているという大人の笑み。

そうだ、ジルは許すしかない。子どもではない、妻だと言うのなら――それを全部わかった

うえでの茶番。計算尽くの態度だ。

それがまた妙に、大人びてかっこいい。

むかっ腹が立ったジルは、そのままハディスの首に抱きついた。勢いまかせだったので、ぐえっとか変な声が聞こえたが、かまわず無言でぎゅうぎゅう力をこめる。

「よかった。おいしいご飯、作るからね」

落ち着いた足取りでハディスが歩き出す。すっかり許されたと思っているらしい。

真っ赤になった顔をハディスの肩に埋め、ジルは小さく唸った。

「――なめるな、わたしを」

まだ早いだなんて、決めるのはお前じゃない。

すぐそばにある形のいい耳朶をがじっと噛んでやる。ぎゃっと悲鳴をあげてハディスが飛び上がった。

⚜「正しい」家族の向こう岸⚜

半年ぶりに再会した双子の兄は、別れる前と同じ顔をしていた。よ、とまるで昨日も会ったような顔で、サーヴェル家本邸の門前で片手をあげてみせる。

「俺のほうが早かったな、アンディ」

「さっき着いたばかりだろ。麓の別邸に入ったところで見かけてたし」

「だったらそこで声かけろよ」

「買い物あったから。アビー姉とクリス兄とマチルダ姉は家にいないとして、父さんと母さんには必要だろ。で、ジル姉にはお菓子の缶詰。修行中のキャサリンにも、一応な」

「言い訳は無用。俺のほうが先。同時に出発したのになー」

へっへっへ、と得意げにリックが笑う。

サーヴェル家の子どもは幼い頃からラキア山脈で修行し、八歳になったら傭兵で稼ぎながらクレイトス王国を一周する。その旅の終わりだというのに、片割れのリックに特別変わった様子は見られない。

「どっちが先だろうが、同じ日に帰ってきたのが俺は嫌だよ。逆方向で回ったのに。さすが双子とかまた言われる」

「同じのほうが周囲に心配かけなくていいって思えよ」

「どうだった、そっちは。変わったことあった？」

「ラーヴェに竜妃が出たって噂、聞いた」

アンディは眼鏡の縁を押さえて、嘆息する。

「じゃあ、南国王がラーヴェに向かったって話もやっぱり本当なのかな。ちょっとみんなも、そわそわしてるよね。俺たちが帰ってきたからってわけじゃなさそう」

「なんかあったなら話してもらえるだろ。今日くらいはのんびり休みたいけどなー」

伸びをして、リックが半年ぶりの我が家に入る。

相変わらず呑気だな、と呆れながらアンディもそれに続いた。

ラーヴェ帝国と開戦すれば、地理的に最前線のサーヴェル家は無関係でいられない。戦争は未経験だが、両親たちを含む領民全員が常に国境を警戒しているのは知っている。

それにアンディが生まれる前、まだ今の国王が王太子だった頃に、クレイトスは王都を奇襲され遷都させられている。竜帝がいなくても戦いはあった。

今、竜帝がいる状態で戦争なんてことになれば、どれだけ被害が出るか。ジェラルド王子は竜帝の力を削ぐためラーヴェ帝国内の分裂を煽っていたはずだが、竜妃まで出たとなると今後の危険度は跳ね上がる。文献によると、竜妃は対女神用の兵器だ。

久しぶりの我が家の玄関をくぐりアンディは尋ねた。

「そういえばジル姉とジェラルド王子の婚約ってどうなったんだろう。全然、耳に入ってこなかったんだけど。まさかジル姉、断った？」

「あれだけ王子様に会えるって楽しみにしてたし、それはねえだろ。公表する時期を考えてんじゃねーの？」

ジェラルド王子の誕生日会への出席が決まった姉は、ずいぶんはしゃいでいた。相手は容姿端麗頭脳明晰、姉だって勝てない魔力の持ち主だ。姉がひそかに憧れている『誕生日会での求婚』という演出も合わせて、断る要素が見当たらない。

そう思っていたのだが。

「ジルが、今代の竜妃になったそうだ」

アンディたちを出迎えた父親は、姉の居所を聞くなり、困り果てた顔でそう答えた。

「食べ物に釣られたに一票」

王太子を別邸に送り届け本邸に戻る途中、休憩に選んだ河原で、リックが石を投げる。川面を三回、石がはねていった。アンディは、拾った石を兄と同じように川面に投げる。

「俺は何も考えてないに一票」

「いくらジル姉でもそれはないんじゃね？　相手は敵国の皇帝だぜ」

「そうかな。ジル姉、敵と戦うのは得意だけど、敵味方の区別をつけるのは苦手だよ。あんまり状況、わかってなさそう」

「うちの立場とかは考えてなさそうだな。竜帝に一目惚れってのもどこまで本当だか」

「状況から察するに、ジェラルド王子が嫌だったんじゃないかって思うんだけど」

「ジル姉、ジェラルド王子と面識あったっけ？」

「ないはずだけどね」

　リックがしゃがんで、次に投げる石を選びながら唸る。

「でも、女神の聖槍まで折ってんだよなあ。ジェラルド王子、よくまだうちを重用してくれてるよ……ご先祖様の功績のおかげだな」

「やっぱりジル姉、何も考えてないんでしょ。俺たちと戦う覚悟があるとも思えない」

「うーん、そういう意味では確かに何も考えてない、が正しいかもな」

　竜妃らしく、竜帝を守っているだけ。

　でも現実はそれではすまない。姉がサーヴェル家の娘で、クレイトスとラーヴェが敵国同士である以上は。

「……何も考えてないだけなら、話せばわかってくれるんじゃないかな」

　拾い上げた石を見つめて、つぶやく。リックが振り向いた。

「竜妃の神器まで手に入れたって話だ。もう、お話し合いだけですませられないだろ。ジェラルド王子の案は優しいぜ。甘すぎるくらいだ。ジル姉から竜帝を拒ませるなんてさ」

「……俺たちが戻ってきてくれって言えば、ジル姉だって考え直すよ」

「あのなー、母様に言われただろ。まず竜帝が竜妃をそう簡単に手放さない。何よりジル姉が本当に竜帝に惚れてんなら、覚悟しなきゃ駄目だって」

「あの子どもっぽいジル姉が、恋？」

　おいしいものが大好きで、自分たちにも容赦なく訓練を課してきた、少し上の姉。多少の困り事は自力で解決してこいと尻を蹴り出されたこともあるけれど、本当に困っていたら真っ先に飛んできて背中に庇ってくれた。

「どうせ変に憧れてるだけだよ、きっと。話せばわかってくれる」

　知らず握った石の表面は、尖ってざらざらしている。これではとても川面をはねて、遠くまで飛ばない。

　リックがこちらに歩いてきた。同じ高さの視線、同じ顔。

　でもリックは、覚悟を決めている。覚悟を決められない自分とは、鏡を見合わせたようだ。

「そうだな。でもさ、恋は盲目だって言うじゃん？　正面から竜帝はろくでもない奴だって言ったって、ジル姉は納得しないだろ。変なとこ意地っ張りだし、ジル姉」

　そう、そういう姉だった。アンディが間違いを指摘すると、変に意固地になったり、あからさまな摘まみ食いをやってないと言い張ったり。

強さは認める。竜帝の盾、竜妃としては逸材だろう。でも、どこにでもいそうな、自分たちの姉だ。女神と渡り合い敵国でやっていく賢さもしたたかさも、持ち合わせていない。

黙っていると、リックが嘆息した。

「正面から反対できないってのはわかるよな。竜帝にうちがにらまれちまう。――でも、もしジル姉がわかってくれそうなら、父様たちには黙って、俺たちから話そう」

「……下手に動くと怒られるぞ」

「いいだろ、結果オーライなら。そうだ、本邸に着いたら俺、竜帝のほうみるからさ。お前はジル姉のそばにいろよ。お前なら、わかるだろ」

だから、竜妃なんて駄目だ。できるわけない。自分たちに刃を突きつけるなんて。そう、わかってほしい。

頷いたアンディの肩を叩いて、リックが足元の石を拾い、川面に向かって投げる。どんな形をしているかわからないそれは、一度もはねることなく、川底に沈んだ。

国璽はそろった、皇帝も国王もいる。さっさと婚前契約書の調印をしろ――という竜妃殿下の思し召しで、サーヴェル家は大わらわだった。戦いの事後処理、もとい軍事演習の片づけも放り出して強行されたその場には、ラーヴェ皇族までいるのだ。一応、面子というものがあるのに、それも台無しである。

「本当に、これで大丈夫ですね⁉」

「ああ」

鞭でびしばし会場の床を殴って仕切っていたジルが、調印されたばかりの契約書を、リステアード皇兄に見せている。こちらには尋ねない。

正しい姿だな、とアンディはそれを遠目に眺めていた。もう姉は――竜妃は、こちらを信じたりしない。

ここにいても、自分たちにできることはない。黙って会場から出ていくと、リックがついてきた。

「契約書も自分で読めずにジル姉、やってけんのかねえ」

やけに明るい声をリックがあげる。できるだけいつもどおり、素っ気なく、アンディは応じた。

「いいんじゃないの。一番の役割は、竜帝の盾なんだから」

「物好きだよな、ジル姉も。――もうジル姉って呼ぶのもまずいか、竜妃殿下だ」

「しっかりしなさいよ、兄様。ほら水」

廊下の曲がり角で声が聞こえて、ふたりで足を止めた。そっと覗き見ると、玄関近くの大広間のソファに人影があった。

先ほど会場で倒れた皇帝と、エリンツィア皇姉と、ナターリエ皇妹だ。姉に担がれ、妹に付き添われて会場をあとにしたと思ったら、こんなところで休んでいたようだ。調印式を優先したせいで、部屋の用意ができていないのだろう。

ソファにもたれかかって、青い顔をした竜帝が唸っている。

「重……衣装が、重い……」

「ほら腕をよこせ。マントを脱がせてやるから……ほんとに重いな、これ」

「ちょっと床に落とさないで、姉様！　これ高価なんだから――あ」

皇妹のほうがこちらに気づいて、笑顔を向ける。

「ごめんなさい、このマント、ここに置かせてもらっていいかしら。兄様――リステアード皇兄殿下に伝言してくれれば、どこにしまえばいいかわかるから」

「ほーい、承りました。大丈夫っすか。人、呼びましょうか？」

リックが前に出て明るく請け合う。振り返った皇姉が苦笑いを浮かべた。

「それには及ばないよ。部屋を準備してもらえるだけで十分だ。私たちで運ぶ」

「きょうだい、仲がいいんですね」

率直にアンディが感想を述べると、ソファでうんうん唸っている皇帝を挟み、姉妹が顔を見合わせ笑う。

「まあ、最近ようやくね」

「どうですか、かわりにうちのきょうだい仲を引き裂いた気分は」

冗談で言ったのに、ふたりの笑顔が引きつった。

それがひどく、不快だった。

気づきもしなかったのだろう。それとも自分たちだけ幸せならそれでいいのか。

さすが、理の竜神に守られた一族だ。愛がない。

「満足ですか、ジル姉がそっちに戻って」

「アンディ、やめろ」

笑顔を消した片割れが、止めにかかる。だがアンディは知っている。リックはしかたないと笑いながら、調印式でずっと拳を握りしめ、震えていたことを。

「ジル姉を家族と引き離して、竜帝の盾にして、自分たちは守られて、それで幸せですか。めでたしめでたしですか。――きっと俺たちとジル姉は、次会ったときは敵同士だ」

一歩近づくと、警戒したように皇姉が顎を引いた。その横で、皇妹が唇を噛みしめている。

「どんな気分だって聞いてるだろ、答えろよ」

でも姉妹の表情がよく見えない。奥歯を噛みしめて、それでも溢れ出るもののせいで、視界がぶれている。

「答えろよ、満足か幸せか安心したか——答えてみろ！」

「最高の気分だよ」

いきなり冷や水を浴びせるような、嘲笑まじりの声が聞こえた。知らずうつむいていたアンディは、顔をあげる。

そこには金色の瞳があった。

「このままじゃ、気持ち悪くてしょうがなかった。ああ、君の悪意が心地いいくらいだ」

額に当てられたタオルを持ち上げて、竜帝が笑う。

「僕は君たちから大事なお姉さんを奪った。家族を引き裂いた。場合によっては殺し合わせるだろう。お気の毒だね。でも僕は大好きなお嫁さんと一緒にいられて、とっても幸せだ」

「おまっ……」

「だって僕は勝った。そしてお前らは負けた。負ければ奪われる。当然の帰結だろう」

そうだ、自分の言うことは結局、敗者の八つ当たりだ。両の拳を握った。

上半身を起こした竜帝が穏やかに微笑む。

「負けたって何も奪われないなんて、愛の戯れ言だよ。君は正しい」

「——その理屈で言うと、俺らが勝てば、あんたが失うのも当然だよな。理の帰結だ」

前に出たリックが、いつもの明るい笑みで尋ねる。でも、その目は笑っていない。

並んだふたりを見て、竜帝は目を伏せた。

「そうだよ。だから、奪い返しにくればいい」

勝者の特権である慈悲を唇に浮かべ、理に守られた竜帝が告げる。

「戦うのは得意なんだろう。引き裂かれた家族の絆を、奪われた姉を、取り戻すために向かってくればいいじゃないか。僕は逃げも隠れもしない。君たちの敵意を受けて立つよ。間違いを正すのは、竜帝の役目だ」

　アンディは内心で歯噛みする。どれだけわめこうが、姉はこの男を選んだ。姉の想いを第一に考えるなら、この男を排除してやりたいと願うのは、ただの自己満足だ。

　でも、竜帝というのは間違いを正しく裁く者だから、受けて立つという。

　ぽん、とリックが肩を叩いた。それでアンディも深呼吸して、笑顔を作る。

「――冗談ですよ、すみませんでした。驚かせちゃいましたね」

「そーだよ、アンディやりすぎだって。ごめんね、お姉さんたち」

　おどけてリックが両手を合わせてみせる。皇姉が唇を引き結んで首を横に振った。

「いや。……君たち、その年で相当強いな。将来が怖いよ」

「マントは私が持っていくわ。もうさがりなさい」

　皇妹が命令し、微笑む。皇姉も警戒しているのが伝わる。

　この態度は嫌いじゃない。

　いけすかないラーヴェ皇族ども、いつか殺してやる。そう思える。

「じゃあ、俺らはこれで失礼しまーす。そうだ、またカレー作ってよ、ハディス兄」

「そんなの……今は、無理……」

「ハディス兄様！……気絶してるわ」

「しょうがない、私が担いでいくか」

「お大事に、竜帝陛下」

ひとことそう言い置いて、その場を離れる。廊下をふたりで並んで歩いていると、リックがおどけた声をあげた。

「厄介なのにつかまったなージル姉」

「だね。困った姉だよ。助け出す身にもなってほしい」

「リック、アンディ」

呼びかけられて初めて、母親が立っていることに気づいた。

聞いていたのだろうか。わからない。ただ、両腕をいっぱいに広げて、リックとふたりまとめて抱きしめられる。

「お疲れ様」

母親だってつらいはずだ。大事に育てた娘を敵に回し、夫を殺されかけて、それでも笑っていなければならない。

そう理屈ではわかるのだけれど、自分たちは愛の国を守る人間だから。

「……くそ」

「泣くのやめなよ、リック」

「お前のほうが先に泣いてただろーが！」

理を守る者。正しく裁く者。でもあの男は、少しもわかっていない。

この先、いくら取り戻しても、河原で石の投げ方を教えてくれた姉は、戻らない。

(もうジル姉はいない。甘えるな。戦場であったときに、せめて殺し合えるように)

母親の腕の中で泣いてまた、生まれ変わろう。

そしてあの男の理を間違いだと、いつか打ち砕くのだ。

思いどおりにならない「おかえり」

集まったきょうだい全員の顔を眺めて、ヴィッセルは立ち上がった。

「大まかな動きはこうだ」

壁にかかった地図を指さして、今後の説明をする。

「ハディスが出立したあとすぐにナターリエとエリンツィア姉上はフェアラートへ。ナターリエをクレイトスに送り出し、姉上は合図があるまで船上で待機。同時にラーデアに待機させている軍を国境に集結させます。リステアード、お前はレールザッツ公とノイトラール公から兵を借りて配備させたあと、自分の竜騎士団と一緒に臨機応変に動け」

「三公がよく協力する気になったな。要求はなんだ？」

脚を組んで腰かけているエリンツィアがいつになく皮肉っぽい口調で問う。能天気な姉はこういう話になると鋭い。

「ラーデアに軍を送りこんだ時点で、レールザッツ公もノイトラール公も食いついてきましたよ。開戦となれば無傷ではいられませんからね。こちらは竜帝陛下直々に竜妃殿下の実家へ正式に婚姻の許可をもらうべくご挨拶にうかがう、と言っているだけなのに」

それをそのまま額面どおり受け取るような者は、三公の中にはいない。リステアードが肩をすくめた。

「それは喜んで協力してくれるだろうな。ただレールザッツ公はともかく、ノイトラール公が先走らないよう注意する必要がある。あくまで威嚇だということを徹底させよう」

「ノイトラール公はわきまえておられるよ。サーヴェル家相手ならなおさらだ」

「せんそうに、なる……？」

執務机の前にある向かい合わせのソファに腰かけたフリーダが、隣のナターリエに問いかけた。紅茶を優雅にすすりながら、ナターリエはすまして答える。

「大丈夫よ。私が王太子殿下の婚約者になれば、平和に終わるわ」

「そうそう。それに、僕はお嫁さんの実家に挨拶にいくだけだよ」

ただひとり、執務机に腰かけているハディスが、ペンを回して遊びながら言う。

「きっと僕を歓迎してくれるよ。楽しみだな」

頬杖をついて酷薄な笑みを浮かべている。フリーダが口をつぐみ、ナターリエは呆れた顔をする。エリンツィアは豪快に笑い、リステアードは眉間のしわをもみほぐす。

「……あまり挑発するなよ。できるだけ我慢しろ。ジル嬢のためにも」

「わかってるよ」

「あの……ジルおねえさまには、ないしょで、いいの……？」

「ジルに知らせる必要はない」

おずおずとした妹の確認に、きっぱり答えたのはエリンツィアだった。

「そのほうがジルはこちらの意図を理解する。そのうえで判断してもらえばいいんだ、どちらにつくかね」

「おや、エリンツィア姉上は竜妃殿下が裏切るとお思いか」

「竜妃でいてほしいと思っているさ。だが、生まれた国の違いは大きい」

悲しげに眉をよせたフリーダが、ハディスに向き直った。

「……おにいさま。ちゃんと、ジルおねえさまをつれて帰ってきてね」

「僕はそのつもりだよ。でもジルがどうするかは――」

「縛ってでも、よ。戻れなくしないと、だめ」

フリーダの過激な発言に、ハディスが真顔になり、周囲も固まった。まったくいつもと変わらない調子で、フリーダは考えこんでいる。

「ジルおねえさまは責任感が強いから……サーヴェル家をある程度痛めつければ、諦めると思うの……あとは、ハディスおにいさまが泣き落とせば同情でなんとか……」

「僕が泣き落とすの!?」

「わたしも一緒にいっぱい泣くから……あとでおかあさまに、教えてもらおう？」

後宮仕込みの泣き落としで解決する気らしい。リステアードが額に手を当てて唸った。

「母上はフリーダに何を教えているんだ……」

「でも一理あるわよ。ハディス兄様の泣き顔ならジルを引き止められそう」

「――やだ」

妹ふたりにじっと見つめられて、ハディスがむくれたように答えた。

「今回は嫌だ。ジルにしかたないなんて免罪符を僕は与えない。それは竜帝と竜神に対する侮りだ」

竜妃には、選ばせる。

故郷を焼くか、ラーヴェ帝国を焼くか。

「しかたなく女神から竜帝を守る、そんな竜妃はいらない」

こういうとき、ハディスはひどく冷淡な目をする。

ひとの温度を感じさせない、神の眼差しだ。

慣れていないナターリエとフリーダがひるんだ顔をする。逆に堂々としているのはエリンツィアとリステアードだ。

「了解している。しかし、ジル嬢が故郷を選んだ場合、ハディスがふられたことになるな。それはそれで体裁が悪い気がするが」

「そんなことにはならないよ。そのためのサーヴェル家への軍配備だ」

「――なるほど、ジル嬢を戦利品にするのか。最悪の落とし所だが」

「怒らないの、リステアード兄上。ジルが可哀想だって」

「一度でも竜妃と名乗ったことを考えれば、優しすぎる措置だ」

裏切ったなら処分されて当然。処分せず、手元に置こうとするほうが筋が通らない。ハディスのひそかな甘さをここにいる全員が気づいているが、声高に責めたりはしない。

竜帝は決して愛に溺れて理をまげないと信じているから――いや、ハディスの気持ちをわかっているからか。

「でもジルも僕との結婚を家族に快諾してもらえるよう、色々作戦を考えてるみたい。全部、僕の杞憂で終わるかもしれないよ」

そうはならないとハディスはわかっている。でなければ開戦を踏まえて綿密に策を講じたりしない。でも竜妃を信じたいから、かばうようなことを言う。

面白くなくて、ヴィッセルは鼻を鳴らした。

「あの竜妃の考える作戦など、おおよそ的外れだろうがな。――出発は明日だ。各自、準備にかかれ。竜妃には気取られるな」

颯爽と立ち上がったエリンツィアはリステアードと一緒に退室し、ナターリエが侍女を呼んでお茶を片づけさせる。

慌ただしくきょうだいたちが出ていく中で、ハディスだけが座ったまま動かない。

「何かまだ不安があるのかい、ハディス」

壁の地図をはずしながら尋ねると、ハディスは嘆息した。

「ジルのご両親にどう挨拶しようかなって……少しでも印象よくしたい」

いきなり普通すぎる悩みだ。だがヴィッセルはつきあう。ハディスを竜帝だと崇めるならば注意しただろうけれど。

「お前はいい子だから大丈夫だよ、気に入っていただけるさ。私が保証する」

「気に入ってもらえる方向が絶対、僕の希望と違う気がするんだよね……」

「しかし、わざわざ両親にご挨拶か。……本当に竜妃が好きなんだな、お前は」

しみじみ言うと、ハディスがこちらを向いた。

「兄上も婚約者、いたよね。どうなってるの」

「何も。会ったこともない女性に懸想できるほど夢見がちな年齢ではないしね」

「会ってみればいいのに。婚約を破棄するって決めたわけじゃないんでしょ？」

皇太子としての地位を確立させるため、ヴィッセルは前皇弟ゲオルグの娘と婚約した。しかしゲオルグは偽帝騒乱を引き起こして反逆者となり、没している。娘も連座して処刑されるところをハディスがゲオルグの死も含めて寛大な措置を講じたため、一部領地の没収などはあったが、婚約の継続などはヴィッセルに一任されている。

「手紙なら送ったよ。ハディスにつくか父親に殉じて社会的に死ぬか選べとね」

「……それ、返事きた？」

「その辺に埋もれているんじゃないか」

自分宛てに仕分けされた郵便物の箱を目で示した。

ぎょっとしたハディスが、その箱を覗きこむ。

「見ないと駄目だよ、どれ？　ラーヴェも探せ！」

竜神まで駆り出そうとする弟にヴィッセルは呆れる。

「やめなさい、わざわざ探すようなものじゃない。答えもわかりきってる。父の仇と逆恨みでもしているか、悲劇の姫君でも気取っているかだ」

「あ、これじゃない？　フェアラートからの手紙だよ。婚約者の名前は？」

竜神の力なのか、あっさり見つけ出されてしまった。竜神の無駄遣いにもほどがある。

でもハディスの目がきらきらしているので、流される形で答える。

「……確か、グロリア。母方の姓になっていれば、グロリア・デ・マフィー」

「じゃあこれだ、はい。ちゃんと読んであげて」

手紙を押しつけられてしまった。うんざりしているのが伝わったのか、ハディスがちょっとすねた顔つきになる。

「僕は心配してるんだよ。兄上にも幸せになってほしいんだ」

ひとは自分が不安なときほど、他人の心配をすることがある。他人に意識を向けるほうが楽だからだ。ヴィッセルは苦笑した。

「お前は自分の心配をしなさい」

最後は戦利品にするつもりならジルの判断など待たなければいいのに、彼女につきあって普通に挨拶へ向かう。サーヴェル家を滅ぼすために裏をかけばいいのに、圧をかけるために軍を待機させる。

すべて、竜妃は故郷を裏切れないという冷徹な判断と、竜妃を信じたい甘い希望からくる、ハディスの葛藤のあらわれだ。

迷いに似たその隙を、女神の国が見逃してくれるとヴィッセルは期待しない。

（いざとなれば、私の独断で――）

「わかってるよ、兄上。大丈夫」

内心を見透かしたように、ハディスがそう告げた。黙って見つめ返したあとで、ヴィッセルは嘆息した。

そういうのはもうやめると決めたのだ。らしくもなく婚約者に確認の手紙を送ったのも、そういう想いからだった。

「お前がそう言うなら、おかえりと言えるよう、信じて待っているよ」

「うん。じゃあ僕、ジルとお土産のチェックしてくるね」

「つらくはないかい」

信じたい人間を腹の底で疑いながら、信じているふりをするのは。

「しあわせと半分半分だよ。愛って思いどおりにいかないから」

嘘はない顔で笑って、ハディスも退室した。

（思いどおりにいかない、か）

ひとり執務室に残ったヴィッセルは、手に持っていた手紙を思い出す。

ハディスに殉じるか、父親に殉じるかの返答。どちらでも想定内だ。

けれど弟にああ言われたからには、読まなければならないだろう。ペーパーナイフを取って、中をあけた。

封筒から、淑女たちが使うような香りは漂ってこなかった。便箋もそんなに上等なものではない。ひょっとして、反逆者の娘として不遇を託っているのか。ある程度はしかたないが、やりすぎはハディスの意に反することだ。対処の必要がある。

つらつら考えながら、折りたたまれた手紙を開く。

――ヴィッセル・テオス・ラーヴェ様。

濃紺のインクで綴られた自分の名前は、美しい形をしていた。

『お返事が遅れ、失礼いたしました。お問い合わせの件については、マフィー家の者が適当に答えることと存じます。私の知ったことではないですが、今しばらくお待ちくださいな。

さて、私の今後の身の振り方ですが、心配は無用です。

夢だったマグロ漁師になるべく、海へ出ました。

　それもこれも脅迫状のようなお手紙をくださったおかげですわ。先走った連中が私を始末しようとしたのです。こうなれば遠慮など必要ないでしょう？　堂々と正面突破し、晴れて自由の身になりました。相棒の黄竜ツィナも一緒です。マグロ漁に竜がいるといないでは、まったく違いますの。今はまだ修業中の身ですが、私がひとりでマグロを獲れるようになれば、そのマグロをお礼に差し上げましょう。

　婚約は好きになさったらよろしいのではなくって？　まだ私がラーヴェ皇族の一員である以上、私がつかまらなくてはどうにもできないでしょうけれども。竜帝陛下の慈悲が仇になりましたわね。あなたは一生結婚できないかもしれませんわ、お気の毒。

　それもこれも一度も会いにこなかったあなたの不手際ですわよ。情けない男。

　それではごきげんよう。

追伸：南の海から国境越えるなら、目くらましに協力してもよろしくてよ。サーヴェル家のアビー様とは縄張り争いをしておりますの。エリンツィアお従姉様にグロリアを訪ねるようお伝えくださいな』

　縦ロールにした金髪をゆらした女の高笑いが聞こえた気がして、気づいたら床に手紙を叩きつけていた。

「私の不手際、だと……!?」

マグロだとか海に出ただとか始末されかけただとか、何よりどうして国境越えの作戦を知っているのかだとか、情報量が多すぎて処理が追いつかない。

しかし、馬鹿にされていることだけは伝わった。

前皇弟の娘というだけで、いい噂も悪い噂も聞いたことのない女性だった。ゲオルグからも特に言及はなく、どこにでもいる平凡なご令嬢だとばかり思っていたが、大きく読み違えていたらしい。その点は素直に反省しよう。

おかげで、絶対に婚約破棄せねばならないと決意できた。

いずれ皇太子の地位を返上することになろうとも、ヴィッセルの結婚はハディスにとって大事な政略の一手になる。こんなわけのわからない女に台無しにされてはたまらない。

ヴィッセルは床に叩きつけた手紙をわざわざ拾い上げて、びりびりと破る。

はらはらと、手元から白い紙片が落ちていく。会ったこともない婚約者に何も期待などしていなかった。なのになんだか裏切られたような気持ちだ。

そのくせ、笑いがこみ上げて止まらない。

ひょっとして弟が竜妃に抱く気持ちも同じだろうか。

「確かに、思いどおりにはいかないな……!」

ただし、ヴィッセルの場合は愛ではなく、怒りからくるものである。

弟たちがそれぞれ出立してほどなく、合図がきた。丸々とした金目の黒竜が書類に埋もれているヴィッセルのもとへやってきて、「うっきゅうっきゅ」と身振り手振りで何か訴えるという、あまりに間抜けな合図である。直後に竜の女王が翻訳にきてくれて助かった。

すべての竜にその合図は伝わり、事態はハディスが想定した方向へと動き出した。

エリンツィアはローザと共に船で南から、リステアードはハディスを迎えにラキア山脈を越えて北からクレイトス王国に侵入する。国境警備や補佐に回っている三公も、竜帝が竜妃に下す判断を、資質の見極めもかねて見守っているだろう。

ヴィッセルは帝城で指示を出すだけで、何も自分の目で確かめることはできない。淡々と報告を呑みこむだけだ。

(竜妃は故郷を選んだか)

——何かが変わってしまうことは、ふたりを送り出したときからわかっていた。渋い顔になる自分が嫌になる。これでは竜妃の甘さを笑えない。

気づくと、執務室の窓から国境の方角を眺めてしまう。足元に、同じように何かを待っている竜の王がいた。

「ハディスからの軍を動かす指示はまだかな」

首を横に振られた。

「……私にまかせれば、あの子は手を汚さずサーヴェル家を滅ぼせるのに」

弟と同じ、金の目がじっとヴィッセルを見つめ返す。

「わかっているよ。私のわがままだ。いや、八つ当たりかな――竜妃への」

竜妃は女神と戦うため、愛を貫くことを竜神ラーヴェから赦された唯一の存在だ。

竜妃だけが、愛と理を矛盾せず抱ける。

竜妃だけが竜帝に理に背かない愛を捧げられるのだ。

その期待を裏切ったことが、ヴィッセルには腹立たしい。

報告によると、ジルは故郷に婚約許可を求めてジェラルドを助けクレイトス国王と一戦交えるつもりらしい。そこに至った過程がどうであれ、竜妃としてあり得ない選択だ。

しかし、ハディスが決めた以上、ジルはラーヴェ帝国に戻ってくる。戦利品として鎖につながれているのであれば、せいぜい鼻で笑ってやろう。

ハディスを守る。安易な覚悟で自分の誓いを破ってしまった、惨めな敗北者として。

「きゅ！」

突然、竜の王がぴんと全身を立てた。

と思ったら、頬に小さな手を当ててくねくねと身をよじり始める。

「う、うきゅ……っうきゅうぅ〜〜！」

竜の言語などわからないので、「ジ、ジル……っジルぅぅ〜〜！」と弟の声に変換されて聞こえたのは絶対に気のせいだ。そうに違いない。

「う、うきゅ……っうきゅううっきゅううう！」

「……」

「うきゅ、うきゅうきゅ！　うきゅう、うきゅううっきゅうう！」

きらきらした目で何やら訴えられたので、ヴィッセルは笑顔で頷き返す。

「わかった、竜妃の牢はあらかじめ用意しておく。そうだ、なんなら今から軍を動かそうそうしよう。ハディスが心配だからね。さっさとクレイトスに攻めこもうそうしよう」

「っきゅ!?　うきゅう、うきゅううきゅっきゅきゅきゅきゅきゅきゅ！」

「開戦すれば竜妃も観念するよ。もう元には戻れないんだとね。ああ悲しいなあ、竜妃の故郷を燃やすなんて。でもそれ以外に竜妃をここへ戻す方法はない、残念ながら」

「うきゅう！」

「ないよ」

「っきゅ！」

「ない」

「っきゅ――――！」

ばしばし尻尾で床を叩く竜の王の訴えに、窓の外が翳った。竜の気配を感じてヴィッセルはさっさと退散を決める。案の定、部屋を出る直前に風圧で開いたテラスから「どうした我が夫よ！」と竜の女王の声が聞こえた。

(普通に戻れるわけあるか、ああそんな方法などない、絶対にない)

想像したくもない、厄介極まりない面倒な方法でなければ。

馬鹿なことを考えていないで、粛々とサーヴェル領への侵攻準備を進めよう。いっそ今後の報告は耳に入らないよう、断ってやろうか。名案だ、そうしよう。

早足で廊下を進んでいると、奥から急ぎ足の兵が現れた。

「ヴィッセル殿下、至急のお届けだと厨房にマグロが届きました！」

「なぜこのタイミングでそうくる！」

「もっ申し訳ございません！　ですが、フェアラート公からとのことで、届けにきたのも黄竜でしたし……！　その、マグロが入っていた箱にこのような紙片が」

表情と感情を押し殺したヴィッセルは、兵が差し出した紙片に目を通した。

『祝★竜妃殿下凱旋』

「ヴィッセル殿下、竜の女王がお呼びです！　なんでも、竜妃殿下がジェラルド王太子殿下を人質にとり、ラーヴェ帝国に留学させるとのことです！　竜帝陛下からもご伝言があるとおっしゃっておりました、至急中庭においでください！　竜たちが騒いでおさまりません！」

「申し上げます、間諜より新たな報告が入りました！　竜妃殿下とサーヴェル家の戦いにより南国王の後宮が半壊状態になったとのこと。詳細は不明です」

「国境監視より緊急の暗号です、ラキア山脈北、山頂に異変！」

「ヴィッセル殿下、レールザッツ公とノイトラール公が勝手に国境から撤退を始めているとサウス将軍から至急の確認が入りました！　既にご承知のことでしょうか⁉」

――よしわかった、全部竜妃が悪い。

次々に報告に現れる兵に前後を挟まれながら、ヴィッセルはぐしゃりと最初の知らせである紙片を握り潰した。


紫目の黒竜に乗った竜帝夫婦が帝城に帰投したのは、怒濤の報告から一ヶ月ほど経ってからだった。

「ただいま帰りました、ヴィッセル殿下。お留守番ご苦労さまでした」

「おかえりなさいませ竜妃殿下。大変なご活躍だったそうで」

「ヴィッセル殿下の暗躍っぷりほどじゃないですよ」

「ご謙遜を。ジェラルド王太子が今後の親睦を深めるため留学を決めたのは、竜妃殿下の説得があったと聞いております。私など帝城で見守るだけしかできませんでした」

「ははは、すごいですね帝城で見守ってるだけで国境に三公と帝国軍が集まるなんて。——ひとつだけいいか、二度とわたしをだまそうとするな」

「断る」

互いに笑っていない目のまま、しばし睨み合う。ただの無益な時間だ。

舌打ちした竜妃は、そろって出迎えにきたエリンツィアとナターリエ、フリーダのもとへ向かった。鼻を鳴らしてその背中を見送っていると、おずおずとハディスが近づいてくる。

「あの、ヴィッセル兄上。怒ってる……？」

「どうして私が怒るんだい」

「えっと、ジェラルド王子のことでしょ。あと三公への説明とか、実務的な諸々、大変だったんじゃないかなあって……全然、準備してたのと違う方向に話が進んだから」

「——婚前の契約書は、どこに？」

ハディスが腰にさげていた小さな鞄から、筒を取り出した。中には羊皮紙の契約書が入っている。文面を確認したヴィッセルの脳裏に、今日までの日々が走馬灯のように浮かぶ。

すさまじい重圧と混乱の中で準備した王太子の留学手続きと迎え入れ、寝ている暇もなかった現場への対処、血管が破裂する音が何度か聞こえた三公との交渉——もはや波風も立たない凪いだ心のまま、笑みが浮かんだ。

「こんなもののせいで……今すぐ燃やしてやりたい」

ぱっとハディスがヴィッセルの手から契約書を奪い返し、筒に入れて背中に隠した。

「冗談だよ。ジェラルド王太子は落ち着いておすごしだ。リステアードからお前が戻り次第、改めて魔力封じを施すと聞いているが」

「あ、うん。手錠にかけてるだけだからね、今は。ずっと手錠をはめさせるのも体裁が悪いでしょ、留学なんだし」

「情報を抜くために接触する人間も用意しよう。王太子ご本人は学者をご所望だよ。せっかくだから現地の竜神信仰を学びたいとおおせだ」

「いいんじゃない。僕は会うつもりもないけどね」

さらりと拒絶するハディスは、変わっていないように見える。遠くでフリーダと挨拶している竜妃の様子も、特に変わったところは見られない。

「細かい雑務は残っているが、山は越えた。少しは休めるだろう」

「いや、三公に招集をかける」

だがそう切り出したハディスの思考は、確実に変わり始めている。

「急ぎじゃないけど、クレイトスがおとなしい今のうちに対処したい。いつまでものらりくらりかわされるのも癪だし。クレイトスとの開戦を見据えて、兵を派遣してくれたんでしょ。ひとまずそこは評価してやるって伝えといて」

「それであの老害共がありがたき幸せと馳せ参じるかどうか。骨が折れそうだ」

「リステアード兄上と、エリンツィア姉上にまず頼むよ。フェアラート公は……」

ちらりと視線をよこされた。言われなくても望まれていることはわかる。

「面倒だけど、お前の頼みならしょうがない」

「ありがとう、兄上」

「さいわい、いい世間話のネタがある。そうだハディスお前、マグロは好きかな」

ぱちぱちとハディスがまばたいた。

「マグロ？　なんでマグロ？」

「冷凍マグロを届けられてね。厨房にあるよ、そのまま。一本と数えるのだったかな？」

「マグロ……大きいよね。僕、さばいたことないよ。できるかな」

「職人に頼んでもいい。ただ、長期保存に向く加工をしてくれないか」

「いいけど。誰かにあげるの？　まさかフェアラート公？　あそこ漁業も手がけてるよね」

「私は使えるものは使う主義で、労働には正当な対価を与える人間だからね」

答えになっているようでなっていない返事をして、歩き出す。ハディスはすぐに小走りでよってきて、ひょっこりうしろからこちらの顔を覗きこむ。

「ねえ、兄上。何かいいことあった？」

子どもの頃を思い出す仕草だ。

「いや、何ひとついいことなどない。思いがけない、頭の痛いことばかり続いてね。どうしてだろうな……」

「あ、リステアード兄上、ただいまー！」

遠くにリステアードを見つけたハディスが、何も聞こえないとばかりに逃げ出す。あちらはあちらで「帰りが予定より遅い」だとか、小言を言われるに決まっている。わかっているだろうに、内心かまわれるのが嬉しいのだろう。

本当に甘えたな弟だ。

これも思いどおりにならないことのひとつだろうか。

縁を切り損ねたまだ見ぬ婚約者のことを思い出しながら、嘆息する。

しかたがない。何せ、女神の器が女王になると噂が流れる時代だ。

(黄竜に乗ってマグロを銛で突く女を、ハディスの義姉にするわけにはいかないが)

「ヴィッセル兄上、リステアード兄上がいじめる！」

「いいから質問に答えろハディス！　いったいどこに寄り道してきたんだ、また何かしてきたんじゃないだろうな！　夫婦そろって、しかも竜の女王に乗ってふらふらと……！」

「リステアード、ラーヴェ帝国内はハディスのいわば敷地だ。ハディスの自由だろう」

「そうだよ！　お土産だって買ってきたのに！」

「でもその予定を私は聞いていないからね。今から執務室で話そうか、ハディス」

「そうだ、洗いざらい話してもらうぞ。お前は目を離すとすぐ何かたくらむ！」

「ええー僕はジルとふたりきりでちょっとぉ、療養で温泉によっただけでぇ……」

「「大問題だろうが！」」

大声でハディスを囲んだヴィッセルとリステアードのところへ、最年長の姉の拳が飛びこんでくるまで、わずか数秒。きょうだいそろって逃げ出すこの光景は、見慣れたようで、少し前から考えるとあり得ない。きっとハディスもそう思っていただろう。

ふと、伝え忘れていた言葉を思い出した。

「ハディス」

「何⁉　兄上たちのせいだよ、帰るなり僕にお説教ばっかりして！」

「おかえり」

何ひとつ、お前の思いどおりにならなくてよかった。

どうかこれからも思いどおりにならない「おかえり」が、お前に届きますように。

ハディスが「ただいま」と答えて、しあわせそうに笑った。

僕らの家庭は「どうしよう？」

部屋に入るなり、ジルは窓をあけた。

帝城の自室は、ジルが不在の間もきちんと掃除されている。だから部屋の空気が悪いなんてことはないのだが、やはり窓をあけると気持ちがいい。

吹きこんだ風は、帝都を出る前にくらべて涼しくなっていた。でも湿り気がない。標高はそう違わないはずだが、やはり故郷と違うのだなと、改めて実感する。

(懐かしい……のは、さすがに向こうだな)

ラーヴェ帝国にきて初めての夏だ。まだ懐かしいなんて思えない。

自分の部屋に戻ってきた、と思うのも少し違和感があった。まだこの部屋を与えられて数ヶ月とたっていない。故郷にあった自分の部屋のほうが、よほど慣れていた。

でもそういうことをいちいち考えられるのは、戻ってきたからだろう。

ぼうっと窓の外の景色を眺めていると、早足で庭を横切る夫を見つけた。

「へい――」

「ハディス待て、逃げるな！」

「やだよ！　リステアード兄上とヴィッセル兄上が悪いんでしょ、帰って早々喧嘩なんてするから！」

ハディスはひとりではなかった。兄がふたり、一緒にいる。どうも動きからして、庭を散策しているのではなく、庭に逃げこんだらしい。

「いいから静かにしろ、ふたりとも。姉上に気づかれる」

木の幹に背を預けて、ヴィッセルが両腕を組んだ。リステアードが懐中時計を懐から出す。

「……姉上はそろそろ訓練の時間だ。そこまで逃げ切ればなんとか」

「あ、じゃあこうしようよ。ばらばらに逃げる。僕はジルのところに」

「待てお前、そのまま仕事をさぼる気だろう！」

リステアードに首根っこをつかまれたハディスが、唇を尖らせた。

「でも姉上は単純だから、状況が変わったら忘れるよ。ジルなら僕をかばってくれるし。リステアード兄上だってフリーダにかばってもらえばいいんだよ」

「……ハディス。それは兄としてどうかと思うぞ……」

「えーでもそれが一番だと思うよ。で、ヴィッセル兄上は…………」

そこでハディスの笑顔も口も止まった。かわりに、ヴィッセルが穏やかに微笑む。

「どうした、ハディス？」

「…………えっと……」

「ひょっとして私を姉上からかばってくれる者が見当たらないのかな？」

「ってリステアード兄上が心配してた！」

ハディスがリステアードの背中に隠れる。リステアードの頬が引きつった。

「ハディス、お前……僕はそんなこと言ってないだろう。事実だし自業自得だとは思うがね」

「ほお」

そのままぎゃんぎゃんまた三人で言い争いが始まった。あれではエリンツィアに見つかるのも時間の問題だ。苦笑いを浮かべてから、唇を引き結ぶ。窓枠から手を離し、背を向けてそのまま沈みこんだ。

仲のいい兄弟。膝を抱えて、膝頭の間に口元を埋める。

（……うちだって、仲がよかったのに）

タイミングが悪かったな、と冷静に考えている自分がいる。

故郷から無事戻れて安心した。でも戻ってきた場所に懐かしさなんてまだ持てない。その違和感と現実を上手に調整できないときに見たからだ。

もう二度と戻らないと覚悟した故郷には、たくさんのものがあった。可愛がってくれた領民たち。いくらでも組み手に付き合ってくれた父親。訓練のあとはたくさんの料理を作って待っていてくれた母親。悪戯好きの双子の弟たちはよく追い回したし、迷子になった末の妹を捜し出したこともある。逆に長兄には、竜を見つける大冒険に出て見事に迷子になったところを迎えにきてもらった。あのときはいつも厳しい姉がひとことも怒らず、一緒にお風呂に入ってくれて、次の日は次姉が山の中で方角を読む方法を教えてくれたのだ。

本当に、仲がよかった。そう、よかった——過去形だ。唇を噛む。

（どうしよう）

どうするもこうするも、自分で決めた道だ。だから顔をあげよう。

そうして顔をあげたら、竜神がいた。

「ッラ、ラーヴェ様!?」

「よお」

いつもどおり、人なつっこい笑顔で竜神がふわふわ浮いている。

「……へ、陛下から離れてて平気ですか」

「すぐ近くにいるし。ここならもう、俺がべったりついてる必要もないしな」

ハディスにとって、帝城は安全な場所になったからだ。少し前ならそうはいかなかった。

少し、ほっとした。よかった、と思った。頰がほころぶ。

「まだ陛下たち、喧嘩してるんですか？」

「いーや、さっき見つかって三人ともばらばらに逃げ出した」

噴き出してしまった。

「じゃあ陛下、逃げてくるかもですね」

「だな。──なあ、嬢ちゃんは別に間違ってないぞ」

顔をあげると、にこにこしながら、理を司る神は言った。

「嬢ちゃんにとって、故郷はここじゃない。だから懐かしく思うのも、さみしく思うのも、当然のことだ。なんにも間違っちゃいない」

「で……でも、わたしは竜妃です。そんな甘えたことは」

「でも人間だ。人間は間違えるし、すぐ楽なほうに流されて甘える。それも理だ」

まじまじとしたジルの視線を受けて、ラーヴェが笑う。

「意外か？　でも理は、人間が間違うことを前提にしてる。間違うからどうするかって話なんだ。でなきゃ導く、なんて話にもならないだろ」

「そ……そうですね。言われてみれば」

人間が間違わないなら、導くも何もないのだ。だろ、と自慢げにラーヴェが頷く。

「だからな、嬢ちゃんの気持ちは、理に反しない。問題はそこからどうするか、だ」

「……ど、どうするかと言われても……」

「まずはハディスに正直に話してみろよ」

「そ、そんなことしたらすねません⁉」

じゃあもうリステアードたちと仲良くしない──とかわけのわからないことを言い出す可能性もある。ラーヴェはからからと気楽に笑った。

「かもなあ。でも、案外頼りになるかもしれないぞ」

「ジル！　かくまって！」

狙い澄ましたように扉をあけたハディスが駆けこんできた。思わずジルは立ち上がって背筋を伸ばしてしまう。

「エリンツィア姉上が僕を殴ろうとするんだ、僕、悪くないのに――ラーヴェ。なんだ、ここにいたのか」

「まあな」

ぱちんと片眼をジルに向けて閉じて、ラーヴェはするりとハディスの中に入ってしまう。育て親の意味深な目配せに気づいたハディスが、首をかしげた。

「どうしたの？　何かあった？」

「あっ……ええと……陛下たち、仲がいいなって思って……」

「よくないよ！　追われてるんだよ!?　兄上たち守ってくれないし！」

「……うちも、仲良かったん……ですよ」

窮状を訴えようとしていたハディスが黙った。と思ったら、膝をついてジルの目の高さに合わせてくれる。

「……だよね」

でも顔が、ものすごく嫌そうだ。聞きたくないけれど我慢して、聞かねばならない――雄弁に葛藤を物語っているその顔に、ジルはつい呆れてしまった。

「いえ、それだけなんですけど……」

「そんなわけないでしょ。僕が君から取りあげたものだもん。僕の責任だよ」

自覚はあるのか。ちょっと、肩の力が抜けた。

「でも、わたしも選んだことですし」

そう、わたしも、だ。ひとりじゃない。顔をあげると、目の前にもうひとりいる。

「僕、君の母上に言われたんだ。絶対に、君をこっちに戻すなって。戻せるなんて甘えたことを考えるな、もう娘の居場所はここにはないって、はっきり言われた。だからわかってるつもりだよ。君はもう、戻れない。少なくとも、前と同じようには。そして僕はその責任をとらなきゃいけない」

びっくりして、言葉が継げなかった。

（おかあさま）

戻ってくるな。

娘を突き放す母親の気持ちを汲めないほど、ジルは子どもじゃない。

故郷を離れるときは、家族が送り出してくれることを、さみしく思わなかった。ああ――このひとを守るのに必死だったからだ。何よりもそれが大事だったから、平気でいられた。

でも、こうして戻ったからこそ、こみ上げてくるものがある。泣いてはいけない。きっとハディスを困らせる――いやそれでいいのか。それが、責任をとるということのはずで。

「だから僕、考えたんだ。――まずは僕らの家庭を作ろう！」

「はい？」

こみあげてきた涙が一瞬で蒸発した。

拳を握り、ハディスが力説する。

「実は僕、帝都の近くにも隠れ家を持ってるんだ。結構広くて、いいお屋敷なんだよ。街からほどよく離れてて、たぶん元は農場だったんじゃないかな。牧草地とかもあって」

「は、はあ……」

「そこを兄上たちに内緒で一緒に改造しよう！」

突然言われても。いや、楽しそうだけれど、なんだか想定と違う。そこは形から入るんじゃなくて、もっとこう。

「僕ね、いいなと思ったんだよ、君の実家。だからあんなふうにしたいな」

でも、そのひとことで、すべてが吹き飛んでしまった。

「今はふたりだと大きすぎる屋敷だけど、子どもは十人でしょ？　すぐにぎやかになるよ。畑を作って、家畜も育てて。竜も何頭か飼えたらいいね。育てたりとか」

「えっい、いいんですか、竜……！」

「もちろん。でも、できれば野生に近い形がいいかなあ。最初からひとの手で育てられた竜って、うまく育たないんだよ。飛び方をなかなか覚えなかったりするんだって」

「竜がよってくるよう水場を整えてやればいいんだよ。あそこ、山も近かっただろ」

ひょっこり顔を出したラーヴェが助言する。

「それに竜と一緒じゃ、家畜の飼育ができないだろ。だから竜を飼うよりは、竜の休息所を目指すことをおすすめするぜ。そしたら竜も屋敷をナワバリとして守ってくれる。竜が守る不思議な屋敷――お、竜帝一家の隠れ屋敷っぽいな」

「い、いいですね、それ……！」

どきどきしてきた。興奮で何度もこくこく頷くと、ハディスが尋ね返す。

「あとはどうしようか、ジル」

さあ、どうしようか。ジルは改めて見回す。

今から家になる、自分の部屋を。

「帝城のほうも、少なくともこの宮殿は僕らの家なんだから、もう少しいいように改造しちゃいたいよねえ」

「わ、わた、わたし、自分の部屋以外に執務室がほしいです！」

「また唐突だなあ、なんで？」

「もちろん、竜妃の仕事をするためですよ！」

やることがたくさんだ。胸を張ったジルに苦笑して、ハディスが立ち上がる。

「じゃあ、椅子とか机とか、いいの見繕いにいこうか」

「はい！」

手をつないで、一緒に歩き出した。

そうして宮殿の一画を自らの手で勝手に改築し始めた竜帝夫婦に、当然、新しい親族は絶叫し、ふたりそろって夜まで説教される羽目になった。

⚜ビリー・サーヴェルの手記⚜

○月×日
娘が求婚者をつれてきた。とても胡散臭そうな男だが、反対すれば娘が悲しむ。大切なのは相互理解だ。意外と話せばわかる奴かもしれない。まず大人の自分が譲歩しよう。

「ハディスさん、散策など一緒にどうですか」

「え、嫌です」

こいつとは絶対にうまくいかない。

○月▲日
いや、一度で挫けてはいけない。娘のため、可愛いジルのためだ。向こうもジルのためなら動くだろう、でないと許さん。誘い方を変えよう。

「ハディスさん、肉好きのジルのために一緒に狩りにいきましょう」

「それは僕の仕事じゃないですね」

はっはっはさすが竜帝様だブチ殺すぞ。

○月◇日
逆だ、逆に考えるんだ。ぜひこの義父の話を聞きたいとあのクソ生意気な竜帝野郎に思わせるんだ。そこから尊敬が生まれるだろう。

「ジルは昔から可愛くてね、お父様と結婚するなんて言っていたこともありましてなあ、ははははは」

「お気の毒ですが昔より今、現実を直視したほうがいいですよ」

よぉし、なら戦争だ。

○月●日
もうやってられるか、一切譲歩も会話もせん！　無視だ無視、向こうもそのほうがすっきりするだろうよ！

「お、このつまみは絶品だなぁ母様」

「ハディス君があなたにって。最近、あなたに無視されてるって落ちこんでたわ。もう少し優しくしてあげたら？」

コミュニケーションって難しいなあ!!

○月□日
何が優しくだ、竜帝はもう立派な大人の男だろう甘やかすな。ただ、無視は大人げなかったかもしれん。きっかけを作るくらいはしてやるか……。

「やあハディスさん、儂に何か言いたいことはないですかな」

「え、別にないです」

よし、こいつとは絶対わかり合えないことがわかったぞ！

○月◆日
わかり合えないとわかったら気が楽になった。絶対認めないぞ、こんな男！

「昨日のつまみはちょっと味付けが濃かったですなぁ、ハディスさん」

「塩分追加しておきます」

「陛下もお父様もいい加減仲良くしてくださいよ……」

「儂はそうしたいんですがねえ」

「僕は嫌ですね」

娘は呆れているが、これでいい。きっとこいつも。

●月×日
やっと竜帝が帰った。娘はつれていかれたが、いずれ取り戻せばいい。

「肩の荷がおりたな、母様。ラーヴェ皇族の相手なんて戦争だけで十分だ」

「そういえば、あなた。クリスがラーヴェ帝国に出入りしてるみたいなの」

「そりゃ珍しいなあ、なんにも興味のないあいつが。まさか、惚れた女でもできたか？」

「それがね、エリンツィア殿下を見にいってるらしいの」

「……」

「跡取りはさすがに困るわよねえ」

……早く滅ぼそう、ラーヴェ帝国。

かみさまのおとしもの

静かな丘だった。

夏の終わりを感じさせる涼やかな風が草花をゆらし、さわさわと音を奏でる。万緑が生い茂った枝葉の間から、小鳥たちの鳴く声がした。小さな石橋がかかった小川の水面は、木漏れ日を受けてきらきらと光っている。

帝都ラーエルムはラーヴェ帝国の中でも高所にある。その帝都の街並みも見おろせる、ひときわ高い帝城の一区画だった。だが、人の手が入った形跡はまったくない。

それもそのはず、この墓地は三百年前、先代竜帝より竜帝以外の出入りを禁じられたのだという。この場所の存在自体、ジルが知ったのも最近だ。竜帝のいない三百年間、ラーヴェ皇族には縁のない場所として、禁は破られることなく放置されてしまった。

竜帝が、竜帝以外に足を踏み入れることを許さなかった場所。

竜妃たちの墓地だ。

「綺麗な場所ですね」

錆びついた古い門をくぐったときは荒れた光景を想像したが、見晴らしもいい。墓地でなければピクニックでもしたくなるような瑞々しい空気を、ジルは胸いっぱいに吸いこんだ。さわさわと葉音がするかと思えば、折り重なる倒木からリスがひょっこり顔を出す。さびれた墓地ではなく、緑に満ちた楽園のようだ。

砂を払いながら、苔生す墓碑の前にひとつずつ、小さな花を置いていく。無理矢理つれてきたハディスも、神妙な顔で抱えた花を一輪ずつ置いていった。

墓碑の数はそんなに多くない。

すべての墓前に花を供え、ジルは改めてぐるりと周囲を見回した。

「これならあまり手入れせず、そのままでいいかもしれません」

「なら竜帝以外入れない禁もそのままでも……」

「それは駄目です。誰も墓参りにきてくれないのはさみしいですよ。わたしだってここに入るんでしょう」

「そんな話、聞きたくない！」

ハディスが耳を塞いでしゃがみこんでしまった。

歴代の竜妃たちの末路を聞いたせいか、ハディスはここへくるのも嫌がった。

今代の竜帝にして現ラーヴェ皇帝であるハディスの立場からすれば、歴代の竜妃たちはそれぞれの竜帝を裏切り、女神に加担した敵になる。だが歴代の竜妃たちは、女神と戦うジルにも力をくれた。ジルの左手の薬指に金の指輪が光っているのも、まだ竜妃の神器を使えるのも、そのおかげだ。お礼をするのは礼儀であり、今からでもできることをして改善していくのは末の竜妃である自分の役目だ。

耳も目も塞いで縮こまっているハディスの前に腰を落として、言い聞かせる。

「しゃんとしてくださいよ、陛下。ここにいるのはわたしの先輩たちなんですよ。なんだ今代の竜帝もまたこんなのかって思われたらどうするんです、今度こそ見捨てられちゃいます」

「またこんなの!?　竜帝への評価がひどすぎない!?」

「大丈夫です、わたしは陛下のそんなところも好きです」

ぎゃあぎゃあ言い出す前に文句を封じておくと、ハディスが真顔になった。

「最近、君、大人になってきたよね……僕を転がそうとしてる……」

「大人になるっていうのは自分が持っている権力をきちんと自覚することだって、この間、本で読みました！　難しくて半分以上わからなかったですけど、そこだけは覚えました！」

「ああ、うん……最近よく勉強もしてるよね……ヴィッセル兄上が天変地異の前触れだって本気で災害対策部隊を設置し始めてるよ……」

「わたし、思ったんですよ。陛下は大人なんだなって」

ハディスは自分が竜帝であるということに自覚的だ。冷徹に見えるほど、竜帝としての選択を誤らない。

それにくらべて、ジルは自分を幼いと思う。中身は十六歳からやり直して二度目の十一歳だとしても、年齢だけで大人になることはできないからだろう。

「大人になんかなりたくないよ」

当のハディスはまだむくれている。腰に手を当てて、ジルは仁王立ちになった。

「またそんなこと言って、もう誤魔化されませんよ！　陛下はちゃんと大人です。それにわたしが大人にならないと、陛下だって困るんですよ」

「そりゃあ、そうかもしれないけど」

ひょいっと抱き上げられたと思ったら、おなかのあたりに顔を埋めてハディスが溜め息を吐く。

「でも僕は、まだ子どもの君を抱っこしたいし、おいしいご飯を作ってピクニックに行ったりしてたいんだよ。なんなら添い寝だってずっとしてたかった……！」

呆れ半分、照れ半分のなんとも言えない気持ちがこみ上げる。だが甘やかしては駄目だと、咳払いをした。

「わたし、身長も伸びてきてますからね。そろそろ抱っこは禁止です」

「嘘。嫌だ。やめて、そんなふうに僕をいじめて何が楽しいの⁉」

「今すぐじゃないですから。慣れてくださいね」

よしよしと頭をなでてやると黙る。だが唇を尖らせてすねている。とても綺麗な顔立ちが台無しだ。しょうがない夫である。苦笑したジルは、ハディスの首に抱きついた。

本音を言うなら、こんなふうにできなくなるのは、さみしい。

ただ、今より楽しいことがたくさんできるようになるとも、信じている。

「またお墓参りにきましょう、陛下。きっと先代の竜妃たちも喜びますよ」

「喜ぶわけないよ、君の話が本当なら」

「またそういう、ひねくれたことを言う。今度は陛下のごきょうだいも一緒に――」

「駄目。ここは今後、竜帝と竜妃以外出入り禁止にする」

眉をひそめてハディスをにらむ。だが、ハディスは空を見ていた。

「ここは、空が近いからね。夫婦の邪魔はしたくないし、されたくないでしょ」

「へ？　どういう……そういえば、竜帝のお墓ってどこにあるんですか」

「ないよ」

何度かまばたいてハディスの顔をまじまじと見る。空からジルに視線を戻して、ハディスは少し困ったように笑った。

「僕も、詳しくは知らないけど。死後、七日だったかな。遺体が消えちゃうんだって」

「消え……消えるんですか!?」

「竜帝は竜神の器、生まれ変わりだけど、大本の竜神が死ぬわけじゃないからね。ロー……竜の王も同じだよ。みんなラーヴェと一緒に眠りにつくって理屈みたい」

お葬式はしてもらえるみたいだけど、と何でもないことのようにハディスは言った。

「空に還るって言われてるよ。だから、ここは竜帝と竜妃以外、立ち入り禁止」

ああ、とジルも空を見る。

ここは、空が本当に近い。

「……一緒におばあさんとおじいさんになりましょうね、陛下。ふたりで孫に囲まれるところまで、幸せ家族計画に入れましょう」

「どんどん拡大していくなあ、それ」

ハディスが笑う。空よりもつかみどころのない微笑だ。手を伸ばして、首に抱きつく。

「そう考えたら、大人になることなんて怖くないでしょう？」

「……それはそう、かな？」

「そうですよ。……ラーヴェ様は、まだですかね？」

門の鍵をあけるまでは一緒だったが、すぐにどこかに飛んでいってしまったのだ。

ラーヴェは今でこそ竜もどきの姿をしているが、かつては初代竜帝としてひとの姿をしていたという。つまり、初代竜妃がラーヴェの妻だ。ラーヴェにとっては、れっきとした妻の墓参りでもある。しかも神話どおりなら、自分の盾となり、女神と刺し違えた竜妃だ。

（また恨まれるぞ。そもそも次の竜妃と並んでお墓があるのも無神経というか――）

ふと思い立ち、ジルはハディスの腕から飛び降りた。きょとんとするハディスを置いて、二代目に当たる竜妃の墓碑を確認する。

二代目の生年月日が、初代の享年から五十年以上あいていた。

（……この頃ってとっくに第一次ラキア聖戦は終わってるよな？）

十頁ごとに眠気が襲撃してくる歴史書の年表だが、神降暦三百年というきりのいい数字で始まっていたので、記憶にあった。神話の形で語られるラーヴェ帝国とクレイトス王国の、神を頂点に戴いた最初の大規模戦争だ。巨大な力をぶつけ合った竜神も女神も互いに消耗し、眠りについた。迂遠な表現だが、神格を落とす形で、相討ちになったとジルは解釈している。

その後は、竜帝の代理という形で、竜神ラーヴェの血筋の一番濃い男子が皇帝の座についたと、ラーヴェ帝国史にはあった。最近どうにか辿り着いた記述なので、間違いない。

つまり、二代目の竜妃が生まれるまでに、ラーヴェは竜帝の座から退いている。

死にゆく初代竜妃を前にして、ラーヴェは次をさがさなければと無慈悲につぶやいた。第一次ラキア聖戦の契機になった初代竜妃は、当然、神降暦三百年より前に亡くなっている。

（二代目竜妃って、二代目竜帝の妻なのか。じゃあ……）

――ラーヴェは、次をさがさなかったのか。それとも、さがせなかったのか――

「どうした、嬢ちゃん。熱心に墓と見つめ合って」

横から金色の瞳に覗きこまれ、背筋が伸びた。空から現れたラーヴェは、どこから持ち出したのか、小さな編み籠を頭の上に載せている。

中にはいっぱいの白い花が敷き詰められていた。

「お花、摘んできたんですか。ラーヴェ様がわざわざ？」

「竜妃ってことは全員、俺の嫁さんってことでもあるからな。ほんとの嫁さんもいるし……花くらいは、手向けとかないとさ」

　ラーヴェはいちばん手前の墓石――三百年前の竜妃の墓――の前に降りた。籠の中から白い花がふわりと一輪浮いて、墓前に供えられる。

　何を考えているのだろう。かつて竜帝を守り、女神の愛に墜ちた妻たちの墓碑を見る金色の瞳からは、何の感情も読み取れなかった。

　まるで、何の感情も持ってはいけないように、そのままを見つめている。

「また何か、難しいこと色々考えてる？」

　ひょいっとハディスに片腕でまた抱き上げられた。だが、視線はジルと同じようにラーヴェへと向けられている。

　愛に溺れ理を曲げれば消えてしまう、育て親を。

「いえ、綺麗な花だなって……近くに咲いてるんですかね？」

「裏のほうに花畑があるらしいから、そこじゃないかな。行ってみようか」

「え、わざわざ行かなくても――」

　固辞しようとしてやめた。

　ラーヴェはひとつずつ、時間を遡るようにして竜妃の墓前に花を供えている。いずれ、彼がひとの形をしていたという頃の竜妃に辿り着くだろう。

邪魔をしてはいけない。

たとえ、彼が神様のままだとしても。


入り口から蛇行するように分岐した細道を下っていく。墓地のほうも木陰が多く緑深かったが、こちらはまったく舗装されていない悪道だ。だが突然、視界が開けた。

「う、わあ……」

思わずジルは感嘆の声をあげる。

目の前に、白い海が広がっている。白い花が敷き詰められた、一面の花畑だ。その花を包みこむように、雲がたゆたっていた。真ん中に一本だけ、乳白色の古木が鎮座している。

「なんか……絶景ってやつですね!?」

「僕も初めてきたけど、ほんとに花畑になってるんだ」

ハディスの腕からおりて走り、ぐるりと見回してみる。白い花弁も雲も光沢を帯びて、きらきら輝いていた。日当たりがいいからだ。

「ピクニックの用意をしてきたらよかったですね！」

「今日はお墓参りでしょ。しかもここは墓地の一部。不謹慎だよ」

ハディスに不謹慎などと言われると半眼になってしまう。

「竜妃と竜帝以外立ち入り禁止の場所なら、誰にも邪魔されずのんびりできるのに？」

「そ、そんな言い方してもだまされないからっ……！　君の狙いはお弁当でしょ！」

「わたし、こんな素敵な花畑ならふたりっきりで陛下と寝転がってごろごろしたいです！」

「えっほんと⁉　そ、そっかあ……じゃあ、予定、考えちゃおっかな……⁉」

「はい、おいしいものたっくさん食べたあとにお昼寝しましょう！　よいしょ」

古い木の根元に手と足をかけた。追いついてきたハディスが苦笑いする。

「登っちゃうんだ」

「上から見てみたいです！　陛下も一緒に登りましょうよ」

「えー……汚したくないんだけどなあ、服」

「洗えばいいじゃないですか。早く早く」

「簡単に言うけど、洗うの僕だよ」

「だって絶対、綺麗な眺めですよ！」

太い幹に貼り付いて振り返ったジルの断言に、ハディスが腕まくりをした。

どっしりとした大樹はそう高くはない。腰かけるのにちょうどいい太い枝まで辿り着くのに、時間はかからなかった。

枝の上に立ったジルは花畑をぐるりと見回す。

白い花びらが風にゆれて、雲と一緒に流れていく。まるで空に浮いているみたいだ。

「はー……やっぱりもったいない気がします、こんな素敵な場所が立ち入り禁止なんて。せめてここだけでも開放したらどうですか。みんなでピクニックしたら楽しいですよ、絶対」

「ふたりっきりでってさっき言っておいて、すぐ手のひら返すね」

遅れて登ってきたハディスににらまれて、目をそらした。

「……だって、ピクニックはふたりっきりでも大勢でも楽しいじゃないですか？」

「大勢でないと用意できない料理もあるしね」

「もう陛下、さっきから可愛くないですよ！」

「そりゃあ、君はコックさんと結婚するつもりだったって知っちゃった今となっては」

まだ根に持っていたらしい。

どう対応しようと思案するジルの横に、ハディスが腰をおろす。

「しかも僕、君の実家では殺されかけたし、ご両親には結婚を反対されたまま。なのにお嫁さんは僕の料理のことばっかりなんて、あーあ、不安だなー不安だなー」

ちらちらと意味深に視線を投げる動作が、なかなかうっとうしい。溜め息が出た。

「わたしに甘えたいって素直に言えばいいのに」

一拍あいたあと、ハディスがぱっと両手で顔を覆う。

「そ、そ、そんなんじゃないもんっ……！」

「陛下はそろそろ、わたしに負け戦を仕掛ける癖を改めたほうがいいですよ」

「負けてばっかりじゃないもん！」

もん、とか言ってる時点で駄目だろう。肩をすくめて、ジルは足下の光景を見おろした。

「……でも、大勢のピクニックで荒らすのは気が引けますね。つれてくるとしたらソテーとくま陛下くらいかなあ。あとロー」

静かな花畑は、世界から切り落とされてしまったように時間の流れがゆっくりだ。

「……ここ、たぶんだけど、ラーヴェが初めて竜妃に会った場所なんだよね。初代竜妃を見初めた場所」

「えっそうなんですか。じゃあひょっとして求婚とか祝福もここだったり……!?」

正真正銘、神話にまつわる神聖な場所ではないか。びっくりしたジルの横で、ハディスは遠くを眺めている。

「それはどうだろ。ラーヴェはあまり昔の話をしないから、僕も無闇に聞かない。言いたくないことだってあるだろうし……僕だってそうだし。ここのことも、僕がそう思ってるだけで確信はないよ。似たような花畑が後宮にもあるって聞いてるし……」

何より、理に抵触することをハディスは恐れているのだろう。

「似たような場所が他にもあるなら、ピクニックはそっちにしましょうか」

ぼんやり花畑を眺めていたハディスの視線が、こちらを向いた。

神様と同じ金色の瞳の中で、ジルはにっと笑う。

「わたし、陛下と一緒なら、ピクニックはどこだって嬉しいですから」

「また！　そういうことをかっこよく言う！」

「陛下が可愛いので、つい」

「もうやだ……！」

今度は両手で顔を隠すだけではなく、背けてしまった。くすぐったい気持ちで、足を行儀悪くぶらぶらさせる。

「今日は陛下とラーヴェ様とお墓参りにこられて、本当によかったです」

「……そ、そう？」

「はい。この先、頑張るぞって気持ちになれました。陛下は？」

「僕は、別に……」

また何かひねくれたことでも言うのだろうと思っていたら、ふとハディスが顔をあげた。

「そうだ、僕、ここにこられたらやろうと思ってたことがあるんだ」

「ラーヴェ様に怒られるようなことは駄目ですよ」

「違うよ。大事なこと。――ジル。ううん」

不意に、手を取られる。

なんだろうと見あげると、こちらに向き直ったハディスの顔が見えた。

「ジル・サーヴェル嬢」

緊張しているのか、声が少しかすれていた。

「僕を、守って。女神から、呪いから、裏切りから、理不尽から、望まぬ愛から――ありとあらゆる、不幸から」

木陰の翳りを帯びた金色の瞳が眇められ、長い指先が戸惑いがちにジルの頰をかすめる。

「誓って。僕をしあわせにするって。君をしあわせにすると誓えない僕に」

一方的で、不誠実な誓願だ。愛がない。

でも見ているジルのほうが苦しくなってしまいそうな眼差しを向けるハディスは、それを理解している。

「僕の盾に。剣になって。それが僕の『お嫁さん』だ」

――けれど愛に溺れない理こそが、竜帝の誠実さだ。

「僕と、結婚してください」

初めて聞く願いは、あまりに弱くて、風に吹き飛ばされてしまいそうだった。

肩に額を押しつけられ、反射的にジルは身を引こうとした。だが寂しく餓えた金色の瞳が、逃亡を許さない。ただ枝をつかんだ手に力がこもるだけで、終わってしまう。

舞い上がった白い花びらに彩られた美しい男が、跪くようにして乞う。

「どうか、僕を君のものにして」

薄い唇から出た甘美な誓願に、みしみしぃっと不似合いな音が重なった。

「あ」

「へ？」

瞬間、視界ががくんと下がった。座っていた木の枝がひびわれて折れたのだ。

当然、地面に落ちる。

墜落の衝撃は受け身をとったので、さほど問題はなかった――そう、問題はそこではない。

起き上がったジルは、慌てて周囲を見回す。

「へ、陛下。陛下、無事ですか⁉」

「……う、うん、無事だけど……ジル………」

下から声がした。視線をさげたジルは、自分の下敷きになっている夫の背を見おろす。

「す、すみませ……」

ハディスの沈黙が痛い。うう、とジルは唸りながら言い訳した。

「こ、腰が、抜けて……枝もタイミング良く折れて！　だって陛下がいきなり……っ！」

自分のものにしてくれとか、とんでもないことを言い出すからだ。ちゃんとした求婚だけでも心臓が止まりそうだったのに。

遅れて頰に、頭に、全身に熱が回ってきた。

「──っそういうのは！　ちゃんと開始の合図をしてから始めてください！」

「ええ……君は好きなようにしかけてくるのに？」

「わたしは子どもだからいいんです！　陛下は大人なんですからわきまえてください！」

「……じゃあ今、僕の上に君が座ってるのも、君が子どもで僕が大人だからかな」

「そうですよ！」

やけくそで肯定して、そそくさとハディスの背中からおりた。ハディスが起き上がる気配がしたので、わざと距離を取り、頰をふくらませて顔を背ける。怒っているように見せたい。

「……ジル。さっきの返事は？」

「べ、別に、言わなくてもわかってるじゃないですか、そんなの、今更……」

顔を背けたままでいると、そっと耳元にハディスが唇をよせてきた。

「へ、ん、じ」

吐息を吹きかけてきたのは、絶対にわざとだ。声色にも意地の悪さがまじっている。

「僕と結婚してくれる？」

ジルの髪の毛先を指先にからめてきた。これは調子にのっている。

やられっぱなしは性に合わない。照れ隠しと負けん気が、腰に力を入れ直させた。

「──っ結婚してあげますけど、っていうかもうしてますけど、ずーっとわたしが陛下のお嫁さんでいるかどうかは別ですよ！」

立ち上がり、腰に手を当ててハディスを見おろした。ぽかんとした表情に、余裕が戻る。

「だって、結婚したら離婚できるんです。お父様にだってそう言われてたでしょう？」

さあっと青ざめたハディスの顔を、腰をまげて覗きこんだ。

「それに、わたしは陛下をしあわせにしたいからするんです。そうしようって思ってるから、やるんですよ。つまり――」

ふっと白い花が視界の隅でゆれた。誘われるように身を起こして、遠くに目をやる。

日の傾きのせいなのか、白い花がかすかに輝いて見える。黄金を思わせる光。

竜妃の指輪と、同じ色。

「ぜーんぶわたしの気持ちひとつでです。しあわせになる努力もできない弱い陛下なんて、捨てちゃいますから」

ぷいっと顔を背けると、ハディスが中腰で情けない声をあげた。

「そんな冷たい求婚の返事、ある⁉」

「ありますよ」

「ジールぅ～～～～～」

「幸せ家族計画の道程は厳しいものなんです、陛下も覚悟を決めてください！　ほら、手をつないであげますから」

手のひらを差し出すと、ハディスは花畑に腰を落としてうつむいた。はーっと大きな溜め息が聞こえる。不満でもあるのかとにらむと、上目遣いに見つめ返された。

「ほんと、君はいつだって自由で、かっこいいなあ」

淡い微笑と一緒に手を取られた。体重を感じさせずに、ハディスが立ち上がる。

「じゃあ、僕はどうしようかな」

手をつないだまま、先に一歩踏み出したのはハディスのほうだった。我に返ったジルは、慌てて追いかける。

「わたしは執務室もできたし、竜妃のお仕事に取りかかります」

「じゃあ僕は晩ご飯の仕込みをしようかな」

「今日はなんですか!?」

「内緒」

なぜそこで焦らすのか。頬を膨らませると、悪戯っぽく笑い返された。

「だって君にはずっとお嫁さんでいてほしいからね」

片眼をつぶる顔がかっこよくてむかついたので、背中に飛びかかってやった。

ハディスとジルが綺麗にしてくれたのだろう。

最奥のいちばん古い墓碑は、埃も蜘蛛の巣もなく、静かに佇んでいた。

「──よお。っつっても、わかんねーか。ずいぶん変わっちまったもんなあ、俺も」

上から舞い降りたラーヴェは、籠を地面におろす。摘み立ての花は、まだ瑞々しい。

「人間の姿はとっくの昔になくしてな。今じゃこんな愛玩動物みたいな姿だ。威厳がねえとか笑ってくれるなよ」

一輪ずつ、白い花を墓石にたむける。

「女神に、力を貸すんだってな」

一輪、一輪、もうひとではない手で。──彼女とは何年、時間を共にしたのだったか。

あれから何年たったのだったか。

「……愚かな真似をする」

彼女が美しいと目を細めた白銀の竜の姿には、もう戻れない。

夫としての、ひとのかたちも失った。

「俺が、心動かさないことなど貴女にはわかっているだろうに」

彼女の、竜妃たちの心情を、ラーヴェは慮らない。

きっと刃を向けられても眉ひとつ動かさず、愚かな女が愛に溺れて理を違えたと斬り捨てるだけだろう。

なぜなら自分は、かみさまだからだ。

「ただ俺は、貴女が可哀想だと嘆き、守りたいと誓った俺でいる。貴女が愛してくれた俺のままでいる。貴女がどんなに変わっても、俺は変わらない」

横に並ぶ、竜妃たちの墓を眇め見た。

「……だから他の竜帝は、恨んでやるな。俺ひとりでいいだろう」

全員が竜神たる自分の妻であり、それぞれの竜帝の妻だった。それだけの人生と、理と愛があった。

その積み重ねとすべての業の先に立っているのがハディスだ。

「それとも――俺は、変わったか？」

我ながら馬鹿げた問いかけだった。変わったに決まっている。

千年だ。力も姿も、昔とはまるで違う。ずいぶんと神格も落としてしまった。

でも、それだけではない変化は、あるのだろうか。

目を伏せたラーヴェを責めるように、強い風が吹き上げた。

からになった籠がひっくり返り、白い花と一緒に空に舞い上がる。

「……そういえば」

思い出したように、目を眇める。

もう戻れない道に、落としていったものの、ひとつだ。

「次は、見つけられなかったよ」

落とした言葉は誰にも拾われることも届けられることもなく、花びらと一緒に舞い上がり、ただ降り積もっていく。それでいい。

過去に届くことは、時間を巻き戻すこと。やり直すこと。

愛に溺れ理に背く運命の、はじまりなのだから。

あとがき

こんにちは、永瀬さらさと申します。本作を手に取っていただき、有り難うございます。

通称・やり竜シリーズでは初めての短編集です。WEB掲載済みの短編に加筆修正を加え、さらにいくつか短編を書き下ろしました。時系列としては、本編1巻から4巻終了時までの話になります。

また、WEBにある短編をすべて収録するのではなく、本編を補完する短編集になるよう、話を選びました。書き下ろしもジルとハディスの話ばかりではなく、本編の裏話や他キャラに焦点を当てたものになっております。

有り難いことにアニメ化企画が進行中です。既に本編を最新刊までお読みの方は本作で時間を遡ることになりますが、アニメ視聴の準備運動も兼ねて、今までを振り返って楽しんでもらえると嬉しいです。

それでは謝辞を。

藤未都也先生。今回も素敵なイラストを有り難うございます。特に今回は表紙の二案、どちらも選びがたかったです……！　引き続き宜しくお願いいたします。

柚アンコ先生。毎回素晴らしいコミカライズを有り難うございます。作画レベルの高さに戦慄しっぱなしです。今後もジルたちを自由に描いていただけたら嬉しいです。

他にも担当編集様、各編集部の皆様、デザイナー様、校正様、アニメ制作を手がけてくださっている皆様、この作品に携わってくださるたくさんの方々に厚く御礼申し上げます。

何よりも、この本を手に取ってくださった皆様。いつもジルたちへの応援、本当に有り難うございます。

この物語を今後も楽しんで頂けるよう、引き続き精進してまいります。

それではまた、お会いできますように。

永瀬さらさ

「やり直し令嬢は竜帝陛下を攻略中　業務日誌」の感想をお寄せください。
おたよりのあて先
〒102-8177　東京都千代田区富士見2-13-3
株式会社KADOKAWA　角川ビーンズ文庫編集部気付
「永瀬さらさ」先生・「藤未都也」先生
また、編集部へのご意見ご希望は、同じ住所で「ビーンズ文庫編集部」までお寄せください。

やり直し令嬢は竜帝陛下を攻略中　業務日誌

永瀬さらさ

角川ビーンズ文庫　24021

令和6年2月1日　初版発行
令和6年11月25日　4版発行

発行者――山下直久
発　行――株式会社KADOKAWA
〒102-8177　東京都千代田区富士見2-13-3
電話 0570-002-301（ナビダイヤル）
印刷所――株式会社KADOKAWA
製本所――株式会社KADOKAWA
装幀者――micro fish

ISBN978-4-04-114576-0 C0193 定価はカバーに表示してあります。　◆◇◇